逆风的麻雀

NIFENGDEMAQUE

励 志
小 说

李志 著

人只要不失去方向，就不会失去自己/人生重要的不是所站的位置，而是所朝的方向/眼泪的存在，
是为了证明悲伤不是一场幻觉/当你感到悲哀痛苦时，最好是去学些什么东西，学习会使你永远立于不败之地/每个人都有潜在的能量，
只是很容易：被习惯所掩盖，被时间所迷离，被惰性所消磨/昨晚多几分钟的准备，
今天少几小时的麻烦/世上没有绝望的处境，只有对处境绝望的人/只有一条路不能选择，那就是放弃的路，只有一条路不能拒绝，那就是成长的路。

敦煌文艺出版社

图书在版编目（CIP）数据

逆风的麻雀 / 李志著. — 兰州：敦煌文艺出版社，
2013.12（2023.1 重印）
　ISBN 978-7-5468-0611-2

　Ⅰ.①逆… Ⅱ.①李… Ⅲ.①长篇小说—中国—当代
Ⅳ.① I 247.5

　中国版本图书馆 CIP 数据核字（2013）第 288698 号

逆风的麻雀

李　志著

责任编辑：王　倩
装帧设计：蔡志文

敦煌文艺出版社出版、发行

本社地址：(730030)兰州市读者大道 568 号
本社正版邮箱：dhwy@duzhe.cn；
本社正版博客(新浪)：http://blog.sina.com.cn/dunhuangwy
本社正版微博(新浪)：http://weibo.com/1614982974
0391-8773084(编辑部)　　　0931-8773235(发行部)

天津旭丰源印刷有限公司
开本 787 毫米×1092 毫米　1/16　印张 13 插页 2　字数 190 千
2013 年 12 月第 1 版　　2023 年 1 月第 2 次印刷
印数 5 001~8 000

ISBN　978-7-5468-0611-2
定价：50.00 元

如发现印装质量问题，影响阅读，请与出版社联系调换。

序

张海亮

初识李志老师,是在 1992 年秋天,他刚上大学,青春激昂、风华正茂的时候。此后又有幸见证了他富于激情,执着上进的大学岁月。毕业后虽时有来往,但本人疏懒,不善交际,对他的生活竟不甚了解。上半年偶然与李志老师相聚闲谈,他说准备把近几年在教学工作中撰写的关于中学生励志教育的心得整理出书。闻后颇感欣喜,思之也觉得符合他的性格,本是情理之中的事。事隔数月,他特地拿着书稿请我指导,并为之作序。我是倍感荣幸,也实在觉得勉为其难。本人虽然从事教育工作多年,但基本是在高校,中学教育偶有涉猎,不够深入,对专门探讨中学生生活的著述更加不敢妄加评说。然而盛情难却,不敢推诿,对书稿进行了认真的阅读和思考,读后感触颇多。

《逆风的麻雀》讲述的是高中学生三年的学习与生活,书中以朴实的语言、动人的事例叙写了靓丽朝气的中学生在校求学的成长足迹。作为贫困地区的学生,他们不畏艰难困苦奋发学习的精神给我留下了深刻的印象。

但是,随着社会的发展,人的价值观念正在发生变化,社会在为人们提供了更为广阔的发展空间的同时,也给传统的价值观带来了一定的冲击。特别是近年来就业压力的陡然加剧让中学生对"唯读书论"和"知识改变命运"的价值观产生了质疑。书中记述的一些因人生失去信念、生活失去方向而导致学习上失败的事例,其实就是要让中学生明白,人生要有价值,必需付出艰辛的努力。理想很丰满,但是需要现实的营养去滋润;现实很骨感,需要理想的羽翼去导航。

中学生正处在心理、生理发育的特殊年龄阶段,他们在理想的追求中所糅合的懵懂的丝丝情意，既体现了中学阶段学生的心理特征，也是中学教育无可回避的现实问题。成长的困惑令中学生很烦恼，也让社会很"头大"。采取怎样行之有效的方法去引导他们，帮助他们顺利度过青春岁月，这是目前教育界正在研究和探讨的问题，也是李志老师认真思考的问题。

面对中学生"青春期生理"的困惑，李志结合自身的工作经历，试图破解这道中学教育的难题。但是，要想找到一种有效的"青春期生理"教育的方法，不是轻而易举的事情，而是一个需要广大教育界同仁长期探索的问题。其实，中学时期学生面临着人生的重要抉择，他们的主要任务是学习知识，提高社会生存能力，这个道理中学生想必也不是不清楚。但是，高考重压之下，学生们偶尔的情感流露也不过是给单调的中学生活增加一点色彩而已，只要家长多加关心，学校注意正确引导，其实也是人生历程中的正常现象，不必大惊小怪。更何况，李志老师给我们展示的中学生们理性思考认真刘待的人生态度，也还是体现了当代主流中学生健康向上的感情追求和价值取向。

纵览全书，有很多教育理念、班级管理方法值得老师们借鉴参考，更有诸多的学习经验可供学生学习吸收。此书是李志老师近几年来教学思想的总结，付出了很多的精力和时间，对现代中学教育教学工作有很好的借鉴作用，值得广大师生与家长认真一读。

而且，在这个日渐浮躁的社会中能够静下心来探索教育教学规律和教育教学经验的做法，其实就如夏日清泉，格外及时，格外凉爽，格外受用。这大概就是激情而执着如李志老师辈存在的价值和意义。

是为序。

（作者系兰州城市学院社会管理学院院长、教授）

目　录

第一章　为爱启程

凡事感激

感激人生中的挫折

因为它让你更加坚强

感激人生中的失去

因为它让你珍惜拥有

感激人生中的帮助

因为它让你从逆境中崛起

感激人生中的追求

因为它让你成就自我价值

感激伤害你的人

因为他磨炼你的心智

感激绊倒你的人

因为他强化你的双腿

感激欺骗你的人

因为他增进你的智慧

感激蔑视你的人

因为他醒觉你的自尊

感激一切使你成长的人

——班长 杨婷 摘录

一

在北方的大山深处,有一个被濯濯童山拥抱的村庄,村中只有七八十户人家,祖辈们以侍弄庄稼为生。虽然耕作稼穑很辛苦,但人们已经习惯祖辈们留下的生活方式,通过辛勤的劳动,日子过得还算殷实。清静的生活环境,简陋的居住条件,朴实的生活习俗,让这里散发出一种祥和的气息。

山有水则秀,而这里是黄土高原,由于上苍的造化缺少了水的滋润。没有水,山何以谈秀?然而生活在这里的人们,已从沟沟洼洼里草木庄稼中汲取了生命的养分,对这里产生了特殊的感情:眼前的山色虽然粗犷苍凉,但沉默中有着不尽的写意,这是他们悟不透的;耳畔的一股浊风,虽然搞得村庄尘土飞扬,但闹哄哄中夹杂着黄土的气息,这是他们闻惯了的;头顶的一轮明月,虽然孤孤单单地挑在老榆树的枯枝上,但寂寂静静中孕育着一滩清凉,这是他们渴望的;手中的一碗粗茶淡饭,虽然比起城里人的大鱼大肉有点清清寡寡,但他们的肠胃习惯了,这是他们无法抗拒的。所以,他们淡化了缺水的困难,将山下的村庄侍弄得炊烟袅袅,鸡鸣犬吠之声不绝于耳。在这里,生命变成了一种默然的报答,生活也变得简单快乐。

站在村头远眺,褐黄色的山峁展现在眼前,山峁的矜持浸透在旷野中,磅礴起伏,延绵不断。空旷的山野,伏在湛蓝的天空下,让起伏的山峦蓦然变得深邃起来。突兀起伏的山梁,凝聚着一种坚韧,崔嵬雄浑的脊梁,延伸到沟壑纵横的旷野之中,蜿蜒的姿态中透着一种不屈。是的,这里的山,是有性格的,骨子里挺着一种骄傲,纵然它们没有畅茂葱茏的外表,但是它们敢将坦诚裸露,与自己高昂的峰首组合成一幅节奏低缓、气势磅礴、令人叹为观止的立体画面。或许正是大山的这种秉性,养育了这里的山民,让他们在贫瘠的黄土地上耕耘人生,用铁钳一般的双手掰碎坚硬的土疙瘩,再嵌上同样顽强的种子。那粒粒种子因曾经历过生命的艰辛,早已有了铮铮骨气,在干涸的土地中努力地探出了头。到了秋收时节,它们就成了主角,穿着各色衣服来报答乡民。金黄色是乡民生命中最美的颜色，他们喜欢撕开紧裹的玉米皮看黄灿灿的玉米棒子，他们喜欢听黄豆哗哗剥剥地从豆荚中跳出来的声音，他们喜欢踢着黄色的胖南瓜滚地儿，甚至觉得从黄色的杨树叶中飞出的麻雀也不是灰乎乎的。在这里，黄色不仅代表成熟，而且更代表着收获。

杨婷就在这个古朴宁静的地方度过了天真烂漫的童年，虽然她从未有走出过大山，但是成长的快乐她一样都不缺。满山洼的各种游戏，学校里各种有趣的故事，父母的疼爱，让她并不觉得山里的生活有多不好。

八月二十四日，对杨婷来说是一个特殊的日子。

从那天起，她就是一名高中生了。说起高中生，有人会说，大学生都不稀罕，高中生有什么值得自豪的，不过在这交通不便的大山深处，能出一名高中生也不容易。今年中考，全县有一万多名学生参加，而高中录取的人数只有三千多人。更何况，杨婷考了全县第三名，在这偏远的小山村，能考出这样好的成绩已经惊天动地了。

恶劣的自然条件，不便的道路交通，导致这里教育滞后，没有教师愿意来这里教书，学校师资力量无从谈起。前几年，近村的一位大学生毕业分配到这里，如此落后的教育状况，年轻的心被震撼了，他决定留下来，扎根山区，要让这里的孩子享受好的教育。两年后，本村考上县师范学校的一位姑娘毕业后分配到这里教学，后来两人喜结良缘。师资力量的改善，让这里的教育有了起色。

自从收到高中录取通知书后，杨婷按捺不住心中的喜悦。是啊，经过初中三年的拼搏，她终于如愿以偿，考上了县重点高中。看着高中的录取通知书上学校的简介，她的脑海中闪过一幕幕景象：雄伟壮观的大门，绿树成荫的校园，宽敞明亮的教室，还有勤奋可爱的同学……想着，想着，她禁不住扬起了嘴角。通知书仿佛是幸福的扩散器，顺着她的手指向四周散去。那一刻，她觉得空气也是甜的。

早晨天刚亮，杨婷的父母就已经起床，父亲帮她收拾着铺盖，母亲做早点。女儿没有出过远门，老两口商量要把女儿送到学校，想起女儿远离父母去城里读书，母亲心中既高兴又担心。

　　杨婷与父亲把铺盖收拾好，一家人高高兴兴地坐在一起吃了早饭，她便与父亲上路了。从杨婷家到公路边坐车还要步行五六里的山沟小道，父亲扛着背包，杨婷提着生活用品，一路上父女两人都心事重重。父亲想的什么，杨婷此时无法猜测，她现在心里很矛盾。现在自己去县城读书，要离开这片养育自己的热土，心中恋恋不舍。刚才从家里出来的时候，母亲坚持要送到村口，一路上唠叨不停，全是平日里说了上百遍的嘱咐。不过，奇怪的是，今天听着这些唠叨的时候，她忽然觉得暖暖的，有种酸酸的东西在她心里开始泛滥。最后，在父亲的一再劝说下，母亲才算止住了送别的脚步。在母亲转身的一刹那，杨婷看见母亲用力地揉着眼睛，她知道母亲哭了，此时的她多么想转身给母亲一个拥抱，不知什么原因，她没有这样做。

　　走在羊肠小道上，杨婷浮想联翩，今年干旱，满山遍野光秃秃的一片，苍黄的山峁给人一种困顿之感，但就在这片土地上祖辈们曾挥汗如雨地耕耘着，于是才有了今天继续劳碌的子孙们。蓦然，一种责任感在她心中悄悄萌动：她一定要好好学习，决不辜负这里人们的殷切希望，让这山洼里能飞出一只长着金翅膀的麻雀，哪怕一路逆风。

　　前一段时间，母亲用积攒下来的钱给女儿缝制了一床新被褥，好让女儿体面地去读书。父亲气喘吁吁地走着，汗涔涔的脸上露着欣慰的微笑。父亲是一位农民，没有读过书，一路上说的都是那几句话：好好读书，听老师的话，生活上不要节省，有啥事情给你妈打电话等等，让杨婷心中倍感温暖。

　　经过近三个小时的颠簸，杨婷和父亲来到学校。县重点高中比杨婷想像的还要壮观，气势雄伟的教学大楼、满眼碧绿的草坪、厚重壮阔的文化长廊——映入眼帘。校园内人头攒动，陪送的家长和学生一样多，在学校报名栏前，学生和家长认真地看着报名须知。

　　杨婷和父亲在校园里显得有点拘谨，小心翼翼地按照学校的提示标志寻找着报名的地方。

　　她被分配到高一(7)班。

　　杨婷到教室里报到，这位品学兼优的学生早已经引起班主任王老师的关注，王老师凭直觉问："你就是杨婷吧。"

"嗯。"杨婷赶忙上前回话。

王老师把报名册拿到她的面前,让她填写。

杨婷看着报名册逐项填写,她边写边问:"您就是班主任王老师?"

王老师点头示意,说:"你的情况,学校领导都说了,在那么差的教学条件下,能有你这样的好学生不容易啊!"

听到王老师的话,杨婷心中有点高兴,她没有想到自己还没有报到,王老师已经对自己有所了解。

王老师给杨婷安排住宿。

她被安排在女生宿舍楼318房间,与她住在同宿舍的还有张晓莉、岳秀宁、梅娟、李铭娜、韩琴、陈婧、宋艳萍、罗淑霞。

二

杨婷就读的高中,是一所百年名校,近百年办学的历史,积淀了深厚的文化底蕴,让这所学校在省市内很有威望。

步入校园,各种建筑错落有致,层次分明,使整个校园充满灵性和生机。苍翠如盖的大树将校园装饰得深沉厚重,树下硬朗朴素的碑文篆刻记录着前人的育人之道,散发出历史的墨香。尤其引人注目的是"千教万教教人求真,千学万学学做真人"的校训牌,它让人感到学校求真务实的校风,也深深地吸引着莘莘学子来这里实现的梦想。校园里弥漫着激情荡漾的朗朗书声,仿佛感染了这里的一草一木:看,那棵棵老树摇头晃脑的样子,好像在背圣人们留下来的文章;瞧,教室旁边的花儿好像听得入了迷,昂首注视的样子不亚于教室内全神贯注的学生们;听,小草儿互相摩擦着叶子,仿佛在争论一道难懂的数学题的不同解法……徜徉在美丽的校园中,仿佛有一股不可思议的青春力量,催人向上。

学校文化长廊两侧,安装了很多不锈钢做成的文明励志提示牌,上面有学校德育教育的三个目标,三感教育:感恩父母,感恩老师,感恩亲友同学;三珍教育:珍惜生命,珍惜时间,珍惜友谊;三责教育:对自己负责,对家庭负责,对社会负责。"诚心对他人,孝心对父母,热血对社会,信心对自己。"这些凝练又催人奋进的警句,既让学生体味到肩上的重任,也让他们感悟生活,热爱生命,激励他们追求梦想。

走进文化长廊,仿佛到了清郁的世界,紫罗兰攀援而上,把长廊两侧围得严严密密,从侧楼俯视文化长廊,如一条长龙从校园腾飞。长廊的两边是郁郁葱葱的松柏与国槐,整齐的草坪铺衬在下面,像一条绿色的地毯,让人心旷神怡。在草坪的四周,有一些休闲的座位,供学生驻足休憩。在下课休闲时坐在绿树草坪中间,手捧书本,大声朗读,惬意无比。人类的奇迹是在相对静态中沉积,静是自然的灵魂,静是追求后的一种休整与升华,静坐读书,可以凝练出人性的超然。清静的环境,让心中的那些浮躁、城市的喧器、小巷中的嘈杂顿然消失,心被打扫了一般,在这里除了静静地读书,还能再想什么呢?

学校最靓丽的风景线,莫过于晚饭后学生背书的景观,此时校园成了学习的乐园,宽敞的草坪和操场上,到处都是三五成群的学生结伴学习,读书声此起彼伏,声浪澎湃。是的,这些专心致志的学生,肩负着家庭与社会的重任,对学习不敢有半点的倦怠,对前途不敢有半点的马虎。同样,学校也承载着太多的厚望,得天下英才而育之,乃人生之幸事。育天下学生之英才,为学校之职责。播撒知识的琼浆玉液在学生心田,教好一个学生,幸福一个家庭,办好一所学校,造福一方社会。

把教育当事业追求,是学校老师们的信仰。杨婷感触最深的是校长在学生集会上说的话:学生离开家,学校就是学生的家;学生离开父母,老师就是学生的父母。天冷了,教师要提醒学生不要着凉;考差了,教师要鼓励学生不要灰心,教师给失败者的尊重,是对失败者的鼓励和宽容;给成功者以尊重,是对成功者的敬佩和赞美。春风化雨润无声,学校引导教师成为走进学生心灵的引路人,在教师与学生之间架起一座既传递知识又沟通情感的桥梁,体察学生心灵深处的奥秘,把握学生情感的脉搏,老师真正成为学生情感上的亲人,学习上的恩师,生活上的知己。

树立一流的办学思想,打造一流的师资队伍,营造一流的育人环境,追求一流的教育质量,宏伟的目标,如同一支多彩的画笔,为学校描绘出发展的蓝图。在这样的学校读书,学生怎能不骄傲与自豪?

三

经过两天时间,高一(7)班64名学生全部报到。根据学校的惯例,高一新生要进行为期一周的军训。

由于大家刚来学校,彼此不太了解,班主任暂时指定两名班委成员,杨婷担任本班班长,赵善波担任文体委员,班委的其他成员等到军训结束后选举。

说起军训,同学们来了精神,以前谈起军训,那是当兵人的事儿,现在要亲自参加训练,体会军人的风采,欣喜之情当然不用说了。

下午,以宿舍为单位领取军训服装,第二天军训开始。

军训第一天,同学们提前到操场集中,等待教官的到来。早上八点整,教官们迈着整齐的步伐准时到达,全体师生报以热烈的掌声,学校举行了简单的开幕式,军训正式开始。

分到高一(7)班的教官是一名二级士官,个子不高,人很精神,他没有同学们想象的那样"严酷",年轻充满朝气,很"man"。

对学生来说,军训主要考验的是他们的意志和吃苦耐劳的精神,它是一场特殊的"战斗",因为对手就是自己。现在的中学生,自小娇生惯养,能够将军训坚持下来的,已经算是胜利者了。其实,这种磨炼和考验是必要的,因为他们以后的人生道路上需要这种精神。高一(7)班的同学也不例外,他们对于这次的军训满怀期待、踌躇满志,都希望表现突出。

然而,在第一天,与想象中的训练大相径庭。第一天的科目是训练队列队形。早上炎炎夏日,烈阳似火,大家在操场上听从教官的指挥训练,个个气喘吁吁、汗流浃背,起初的那些新鲜感完全被累和乏代替了,恨不得飞奔到操场上有阴凉的地方直挺挺地躺一会儿,有些同学恨不得席地而坐……终于熬到了晚上,当军训结束的哨音刚一吹响,队伍中的欢呼声和长吁短叹声此起彼伏,同学们一哄而散。

第二天的训练又增加了一个训练科目——站军姿,下午两点三十分,军训集合完毕,开始半小时的站军姿。此时暑气蒸人,炙热的骄阳猛烈地烘烤着大地,火烧火燎地使人窒息,同学们纹丝不动地站着,任凭阵阵热流裹紧全身,汗水从他们的发梢滴了下来,他们没有去擦拭,因为教官严厉的目光像一把剑一样逼了过来。直到大部分同学双腿哆嗦的时候,教官才让大家稍息,然后借机给大家讲解站军姿的方法与技巧,即身体微微向前倾斜,脚跟轻抬,脚尖轻微吃力,重心前移……同学们按照教官的讲解去做,还真有效果,没有刚开始时那么困乏了。但半个小时下来,大部分同学都感到吃不消,四肢麻木,膝盖发酸;个别体力难支的同学甚至当场晕倒了。令人难以置信的是,教官竟"视而不见",也不打发学生去帮助晕倒的同学。同学们都觉得有点太残忍了,可教官解释说:"不帮助晕倒的同学,不是我们不近人情,而是不想晕倒的同学影响其他同学的训练。试想一下,在战场上因为自己战友牺牲就想停止战斗,这可能吗?""不可能。"大家不约而同地回答。"大声点回答!""不——可——能!"同学们声音有点气震山河的气势,就连晕倒的同学也被这种声音感染了。

第二天体会到的不是第一天的酷,而是纯正的苦。重复的动作、重复的训练内容、重复的声音,甚至连教练的表情都是重复的严峻,胳膊、腿、腰在重复中变得不听话起来,同学们一个个苦不堪言。教官看到同学们难耐的表情后,鼓励大家说,能熬过第二天就好了。听了教官的话,同学们重新振作起来,全身心地投入到训练中,继续苦中寻乐。虽然军训很辛苦,却像喝咖啡一样能品尝出浓浓的滋味。同学们在坚持中学会了一点:胜利最终属于有信念的人。因此在军训的过程中,纵然他们两腿发软却要咬牙坚持,因为每次的坚持会让大家有超越自我的成就感,特别是在获得教官的赞扬后,他们更加努力地做动作。

第三天,又是一个骄阳似火的日子,太阳老人似乎在和同学们作对,你让他满脸愁云的时候,他却满脸笑呵呵的,毫不保留地散发着光芒。今天继续重复着昨天训练科目,同学们没有昨天的怨天尤人,习惯了。正如一位同学所说,不习惯也没有办法,与其牢骚满腹,不如好好地接受训练,因为军训不会因为你的抱怨而停止。其实,军训也不是死气沉沉的,学唱军歌是军训中快乐的时光。教官的歌唱得不是很好,但他唱得非常投入。特别是当他眯着眼睛唱歌的时候,同学们会捂着嘴巴偷偷地笑，因为在他那充满豪情壮志的歌声中偶尔也能听出乱跑的调儿，在他那忘我的表情中同学看到了他可爱的一面。当然最高兴的事，还是训练中途休息时班与班之间拉歌，两个班的同学在教官的指挥下，互相大喊着让对方表演节目，然后两个班级之间会进行唱歌比赛。每当这时，同学们一个个激情澎湃，操场上歌声嘹亮。奇怪的是，这天晚上军训结束时，同学们有条不紊地解散了，喊苦喊累的声音几乎听不见了。

第四天，同学们把自己当作军人看待了，对军训有了更深的体会。在训练场上有命令就得绝对服从，开始的时候，有的同学对列队上厕所感到可笑，现在有了转变性的看法，那是军人守纪律的表现，当兵虽然条条框框多，却能把人训练得堂堂正正。有人说，生命中绝大部分所遇所思不过像蒲公英一样，飘然而来，飘然而去，全然不留痕迹。但生命中却有真挚的东西值得收藏，军训便是如此，它使同学们品尝了许多酸甜苦辣，也是同学们生命中的最宝贵的精神财富之一。

第五天，军训的含义已经升华，同学们开始把军训比作一首激动人心的交响曲，苦与乐成了军训的主旋律，值得回味，难以忘怀。回忆起前几天的军训生活，让同学们恋恋不舍起来，他们明白了一点：付出必有回报，汗水的浇灌能让成功之花绽放，汗水的洗礼能磨炼出钢铁般的意志。

第六天，前面的军训训练出了责任感，为了向第七天冲刺，画上一个圆满的句号。整齐的对列，嘹亮的歌声，笔挺的身姿，震天的呐喊，都是军训结果的真实写照，学生们磨炼的是非凡毅力，较量的是超常的体力，拼搏的是耐力。听，耳畔拂过的清风在为学生喝彩；看，似火的骄阳在为同学们加油……

虽然只有七天的时间，但同学们在军训中体验到了军人的可贵品质，军训磨炼了他们的意志，把他们的部分体能推到了极限，使同学们的精神面貌焕然一新，对他们三年的高中生活有着重要的影响。

"古之立大事者，不唯有超世之才，亦必有坚韧不拔之志。"军训磨炼了同学们的意志，虽然很苦很累，但它是同学们三年高中生活的难忘经历。

四

军训结束,开始上课。学校要求教师必须上好第一节课。高一学生是新生,教学环境的变化使他们对教师的期望值很高,在他们心中高中教师的水平一定非常高,课一定上得很好。因此,学校要求每一位教师精心准备第一节课。

班主任王老师是一位英语老师,连续带了五届毕业班,工作经验丰富,今年他所带的高一(7)班是一个加强班,班里全县中考前50名的学生占一半。王老师感到压力很大,他不能辜负领导的信任和家长的期望。他以务实的教风,严谨的态度来要求自己做一名对学校负责、让社会满意、请家长放心的教师。

现在高一(7)班的学生,是全县中考的佼佼者,也是学校三年之后高考的希望所在。

星期三下午班会时间,王老师召开主题班会,让每一位同学在班中做自我介绍,目的是让同学之间加强了解,同时选出班委会成员。

同学们在介绍时,父母是领导的,介绍时趾高气扬;考试成绩好的同学,也会沾沾自喜地提到自己的成绩;家庭条件好的,其自傲的表情溢于言表;没有炫耀资本的同学,一般是说来自哪儿,中考考了多少分等基本情况。

到杨婷做自我介绍的时候,她做了一番演讲,让全班同学耳目一新。

"我来自偏远山区,名字叫杨婷,我的性格如同家乡的旷野一样,开朗直率;如同家乡质朴的山峁一样,朴实无华。我的追求也如家乡的父老乡亲一样,面对困难,永不退缩……愿大家在以后的三年高中生活中,互相帮助,团结协作,共同努力,为实现我们的理想而奋斗。谢谢!"

杨婷讲完之后,挥手向大家示意,走下讲台。

王老师听了之后,心中发出赞叹。这位姑娘不但学习好,聪明伶俐,而且口才好,是一名难得的好学生。

全班同学自我介绍完之后,王老师作总结发言,对班委的选举作了说明。

选举结果出来了,杨婷以绝对的优势当选为班长,从此以后,她成了同学们关注的对象。其他班委的成员有:王吉椿当选为副班长,张晓莉当选为学习委员,赵善波当选为文体委员,陈婧当选为卫生委员,魏玉红为团委书记。

一个新的班委会产生了。

经过一个多月的磨合锻炼,班委会成员进入班级管理状态,同学们适应了高中的学习生活,班级纪律井然有序。大家转变的快节奏给优良班风的形成创造了很好的条件,班长杨婷工作积极,以身作则,起到示范作用;副班长王吉椿初中时担任过班长,管理经验丰富,班中的大小问题他都能很快解决;其他班委成员也能各尽所能,做好本职工作。

为了更好地创建文明班级,增强同学们的凝聚力,创造积极健康向上的班级环境,为学生营造良好的学习氛围,学校安排在高一年级举行班级誓言比赛。

为充分调动班委会的工作积极性,王老师把这个任务交给班委会组织完成。班级誓言评比班委会非常重视,班长杨婷首先召开一次班委会会议,分配工作任务,确定了本班班级誓言的宗旨是新颖励志,不落俗套,争取在评比中获奖。班级誓言搜集编写的渠道,一是集全班同学的智慧,创作誓言警句。二是翻阅名人名言及相关资料,改编成适合本班实际情况的誓言。班委会分成两组:一组由杨婷、陈婧、魏玉红负责,到学校图书馆查阅资料;另一组由王吉椿、张晓莉、赵善波负责,组织本班同学积极参与,发挥大家的聪明才智编写,班委会成员明确分工,然后开始分头行动,争取一周之内整理出初稿。

杨婷这一组查找资料,学校图书馆是他们必去的地方。每天下午课外活动,他们就去图书馆查阅相关内容,图书管理员为他们提供了相关的书籍。一到图书馆,杨婷心里很震惊,她没有想到学校有这么多的图书供学生阅读,宽敞明亮的阅览室里一些学生在安静地上自习。

经过全班同学们的讨论、修改,一致同意确定以下四条为班级誓言：

"吃别人不能吃的苦，忍别人不能忍的痛，是为了收获别人不能得到的收获。"

"树立远大理想，创造辉煌人生。"

"早来点，晚走点，抓紧时间多学点；少说点，多做点，争取成绩考高点。"

"贪玩时，想想父母；厌学时，思思前程。"

班级誓言的内容，虽然有点俗套，但能激发学生的学习动力和兴趣，符合学生和家长的心理需求。

班级誓言确定下来，经班委会商讨决定，全班同学背诵下来，每周星期一、星期三上早自习前，集体诵读三遍，以激励全班同学的学习志气，为班级营造积极上进的学习氛围。

在评比中，高一(7)班的班级誓言荣获一等奖，这是同学们集体的智慧。

五

杨婷在上次搜集班级誓言资料时，发现学校图书馆藏书丰富，即刻有个念头冒了出来：有时间的话，一定要到图书馆借阅。

后来，她按学校的规定办理一张借书证，课外时间，她就去图书馆借书阅读，如饥似渴地汲取着知识的营养。课外阅读，丰富了她的文学素养，拓展了她的知识面。

在读书的过程中，杨婷注重知识的积累，能力的提高。她把阅读到的好文章摘抄下来，然后回去之后自己领悟，揣摩作者的构思、写作方法等，提高自己的写作水平。有时她把摘抄的内容背诵下来，学以致用。杨婷非常喜欢著名编辑孙丽丽的《夏夜听雨》和《再看汪国真的<孤独>》，她还将这两篇文章背了下来。

《夏夜听雨》

雨随着夜色,仍无声无息地飘落,那般漫不经心,绵延不尽。此时是梅雨季节,雨仿佛带着意犹未尽的伤感,欲语还休,打湿了白天,浸透了夜晚。

这时我喜欢一个人,或伫立窗前,感受潮湿纯净雨的气息;或静坐,一杯茶或一杯咖啡,在一片碎雨声中,落定成安静恬淡的听雨姿势。听雨是一种享受,一种境界,很难解释自己为什么喜欢雨,或许是一种雨缘吧,我出生在一个雨季里,或许生命的灵气需要细雨滋润。

听雨,那种黄豆般大小的中雨最适宜,小了,宛若"细声巧作蝇触纸",易被外界的声响所覆盖;太大了,"嘈嘈切切错杂弹,大珠小珠落玉盘",整个世界只剩下哗哗的一片,大雨往往夹杂着电闪雷鸣,雨流如注,肆意倾泻,如同五岳崩塌,好像大地颤动,心中免不了惊吓,也就少了听雨的情趣和情怀。

雨滴滴落下,青石板路上、梧桐叶上、屋檐上……质地不同的,情感不同。便构成不同的旋律,或深或浅,点点滴滴在心头。夜雨将纷杂的一切,款款地转为宁静,此时心灵晶莹透明,忆起经年,那个扎着羊角辫的自己,撑一把紫色的小伞在雨中漫游,那时一颗清澈的童心似蓝天白云。

侧耳听着隐隐的雨水声,淡寂的音乐撩拨着心绪,这时心思如水,烟漠漠,回忆漫延,全是属于一个人的。总以为在漫长无尽的时光里,感情终于被时间晾干,但那诚挚的脸又出现在雨中,依然微笑如水,那时的我,心似雨水落在花叶上,轻轻颤抖着喜悦,烛光摇曳,琴声滑到酒杯,杯里的红酒散发着淡香……感情如潮水般漫来,黯然醒转,心是湿湿的,忧伤如线,从内心深处涌出,千丝万缕,如夏夜的雨般,我听见雨滴的叹息和水花飞溅的呻吟,在浓重和夜色里,在岁月的巷子里回响……在这静静雨夜里,远方的你,不知在想什么?"青鸟不传云外信,丁香空结雨中愁……"在这雨夜里,心绪游弋,触动丝丝缕缕的情愫,也湿润着灵魂,细数过往的足迹,如今物是人非,如同沈园秋千架上摇落的离现愁绪,只能深埋于前尘旧梦里。寂寞的伤感因雨而生,雨水洗去空中的尘埃,却濡湿了不少心情,也许这是生活的真。

在那长长曲折的青板石路上,雨滴落在上面,激荡着那些沉淀的古老的魂灵,不知谁的歌声,那般深沉婉转,玉树临风,在深邃的巷子里回响,在雨夜里回荡。迷上这样的夏夜,这样的雨声,这样的心情,似寂静的梦境。雨水冲刷着蒙尘的心灵,这一刻我与自己灵魂贴得最近,心是那般透明纯净……

雨继续下着,漫长的雨季过后,谁都相信会迎来一个阳光明媚的丽日……

再看汪国真的《孤独》

孤独若不是内向,便往往是由于卓绝。太美丽的人感情容易孤独,太优秀的人心灵容易孤独,其中的道理显而易见,因为他们都难以找到合适的伙伴。

太阳是孤独的,月亮是孤独的,星星却难以计数。

人都难以忍受长期的孤独。

意志薄弱的人,为了摆脱孤独,便去寻找安慰和刺激;意志坚强的人,为了摆脱孤独便去追寻充实和超脱。他们的出发点一样,结局却有天壤之别,前者因为孤独而沉沦,后者因为孤独而升华。

有一种人,宁愿无聊也不愿孤独,因为孤独对他说,也是无聊;有一种人,宁愿孤独也不愿无聊,因为孤独对他说,只是寂寞。

孤独而寂寞的人,只觉得时光冷清,却不会虚度时光;孤独而无聊的人,总觉得日子无滋无味,于是便浪掷光阴。

当别人因失意而孤独的时候,你去成为他的朋友,他往往会心存感激;当别人因得意而门庭若市,你想去成为他的座上之宾,常常会遭到轻视。

因此,一个真正聪明的人是不会太势利的,更不待说一个真诚的人了。

……

先学会欣赏,再学会写作,这是杨婷通过阅读得出的想法,她要把想法变为现实。课外时间,她更注重阅读学习,充实写作素材,深刻领悟作者的写作手法与创作意境,提高自己的写作能力,为自己的学习提供精神动力。

六

开学一个多月了,杨婷的母亲想去学校看望女儿,她不知道从未出过远门的女儿是否适应了学校的生活,女儿生病了能否照顾自己。遇到心烦事想家了怎么办?带着对女儿的牵挂杨婷的母亲去了县城,中午放学时分,她站在通往女生宿舍楼的路口等候女儿。她怕女儿看不到自己,索性站在附近的花园台子上张望。按照学校的规定,花园台子上是不允许站人的,平时要是有调皮的同学站在上面,肯定会招致老师的训斥,而今天老师们对这位穿着朴素且与学校的景观极不协调的母亲竟然"视而不见"。由于久站烈日下,杨婷的母亲全身汗如雨下,她用手捋了一下额头的汗珠,粗糙的手指瞬间在额头上留下一道红印,像一个滑稽的对号。她看上去虽然没有城市女性的娇嫩和矜持,但是黝黑的皮肤有一种成熟女性的特殊神韵,全身散发着一种质朴美。

杨婷的母亲把脚跟抬得很高很高,左顾右盼,她在寻找着自己的女儿。由于学生穿着统一的校服,很难辨认,她有点着急了,唯恐女儿从自己的眼皮底下溜走。她的举动吸引了许多学生的目光,拥挤的学生扭头观望,对这位举止笨拙的母亲投以同情的目光。其实,不管春夏秋冬,刮风下雨,总能在下课时间或者周末看到这样的母亲。她们从乡下赶来给孩子送一周的干粮或换洗的衣服,她们言语不多,来去匆匆,几句嘱咐满含暖暖的爱意,几声叮咛寄托着深切的期望。孩子们在这短暂的相聚中,获得了瞬间的成长,这是校园内外一道爱的风景线。

突然,杨婷的母亲紧皱的眉头舒展了,脸上露出笑容,惊喜之中,手中提的东西差点掉下来,她看到了杨婷。母女连心,心灵的感应也让杨婷在四处张望,不经意的目光对视,让她欣喜若狂地向母亲招手。好不容易挤到母亲身边,杨婷急忙扶住慈爱的母亲,母女对视一笑,女儿用手给母亲擦擦脸上汗水,嘴里嘀咕了几句。学生慢慢地少了,杨婷接过母亲手中的东西,领着母亲朝宿舍走去,母亲跟在她的身后,心中既自豪又幸福。

到了宿舍,杨婷给母亲打了水,让母亲洗洗脸,看着母亲高兴的样子,她心里感到欣慰。

"妈,今天来城里有事吗?"

"没事。"

"没事到城里干什么?"

"没事妈就不能到城里来了。"妈妈说着望了女儿一眼,"想女儿了呗。"

杨婷听到妈妈的话,心头一热,以前妈妈很少进城,她害怕花钱。打开妈妈拿来的背包,里面全是她最爱吃的东西,苹果、枣、香水梨等,看到这些水果,杨婷会心地笑了。

杨婷从食堂买了两份饭,母女两人边吃边聊。妈妈进城看望女儿,想了解一下女儿在学校的学习生活情况,现在与女儿坐在一起吃饭,看着女儿高兴的样子,她放心了。另外,学校的饭菜没有她想象的那么寒碜,再看看学校那些年龄比杨婷还小的孩子,都是自己照顾自己,这些完全打消了她的种种顾虑。

吃完饭后,母女聊了一会儿,母亲依依不舍地告别了杨婷坐车回家了。

七

最近一段时间吃饭的时候,在宿舍里不见宋艳萍,杨婷觉得奇怪,她最近为什么不吃饭,跑到哪儿去了?晚上回来也不说话。

中午吃过午饭,杨婷到教室里取东西,推开教室门的时候,看见宋艳萍在教室里坐着,便问:"最近几天咋不见你回宿舍吃饭?"

"我已经吃过了。"

"为什么在教室里吃,与宿舍同学闹矛盾了?"

"没有。"

杨婷朝宋艳萍身边走过去,看见她吃的是干饼子。"你最近经常啃饼子?"宋艳萍抬起头没有回答,她这几天没有回宿舍吃饭,是为了省钱。她家里比较困难,父亲前两年因病去世,家里还有一个弟弟和一个妹妹正在上学,家中微薄的收入全靠母亲劳动所得。一个女人挣钱供三个学生读书,很不容易。父亲去世之后,宋艳萍没心思读书,她想帮母亲操持家务,供弟弟妹妹念书,她的想法,遭到母亲强烈的反对,她便打消了退学的念头。

宋艳萍体谅母亲的同时,也常思念着父亲。

宋艳萍从小被父亲宠爱长大,父爱就像温暖的阳光一样曾照耀着她的童年。如今失去了父亲,她觉得天空一片漆黑。茫然的她不知该怎样走完今后的人生之路,性格开朗的她渐渐变得孤僻起来,曾经害怕黑暗的她偏爱上了黑夜,因为在黑夜里,她才可以沉浸在父爱的幸福里。她不喜欢宿舍,最讨厌舍友谈论各自的父亲,这让她更加思念父亲的同时,心中涌出无限的酸涩。她抱怨过、痛哭过、呼喊过,甚至对着黑夜质问过,但这些都唤不醒地下长眠的父亲。

宋艳萍心中还压着一块石头,她知道父亲走后,最痛苦的是母亲。上了高中之后,宋艳萍时时刻刻想念着母亲,母亲感冒了,没人给她端水送药;母亲劳累了,没人替她分担劳苦;女儿不在身边,母亲的苦向谁诉说,母亲的忧愁又有谁能理解?

宋艳萍在城里读书,可她的心里惦记着母亲、弟弟、妹妹。给家里打电话是她每天必做的事情,只有打了电话,听到母亲说话的声音,她才会安心。

"妈,你在干啥呢?"

"我没有干啥,下晚自习了?"听到妈妈的声音宋艳萍如释重负。

"今晚吃的啥饭?"她问妈妈。

"灰豆饭。"妈妈回答。

"狗娃与妞妞睡了没有？"宋艳萍又问。

"刚睡下,打电话有事吗？"妈妈问。

"没有事,想听妈妈的声音。"

……

宋艳萍每次打电话问的都是这些,她妈妈都能背下来了。给家里打电话的是她,说要挂电话的也是她。有时宋艳萍想家的时候给家里打电话,妈妈无意中问她有事吗,会激起她的无名怒火:"没事就不能打电话了,我想家了。"接着,她嘤嘤地哭了。女儿这一哭,妈妈感到揪心的难受。

宋艳萍偶尔回一次家,第二天返校,是她最难受的时候,当妈妈、弟弟、妹妹把她送到村口,她迟迟不肯上车,总是在妈妈的一再催促下,她才慢吞吞地上车。在这个年龄段,没有出过远门,离开父母正是想家的时候,何况这个家还是一个不完整的家。

在一次班干部会上,杨婷把宋艳萍的情况反映给王老师。"最近一段时间,不知是什么原因,宋艳萍总是坐在教室里不吃饭。"

"她是不是有啥事情？"王老师问。

"不太清楚。"

"她最近在班里表现怎样,有没有异常情况？"

"没有异常。"杨婷问答。

"不吃饭,是不是没有生活费了？"王老师问

"没钱也不能经常不吃饭啊。"学习委员张晓莉说。

"可能是没钱了。"杨婷说。

"再没钱也不能不吃饭呀,学习任务这么重,要不然会把身体累垮的。"王老师说。

事后王老师找到宋艳萍,先找借口询问她的一些情况。

"最近你的英语作业咋写得不认真。"听到王老师说起英语作业,宋艳萍低下头,因为她上课没有注意听讲。她看了王老师一眼,没敢回答王老师的问话。

"上课是不是没有注意听讲？你看,我反复讲的内容,你都做错

了。"王老师把作业本打开放在她的面前。

宋艳萍看着作业本上老师打的叉,心里忐忑不安。

"最近听班里同学说,你经常躲在教室里不吃饭,有没有这事?"

"没有。"

"那你放学后,为什么不去宿舍吃饭?"

"我吃过了。"

"是不是没生活费了?"王老师问

"有。"宋艳萍回答。

"饭是要吃的,高中学习任务重,如果营养不良会影响学习的。"王老师说。

"王老师,这几天我特别想家。"宋艳萍说着,眼泪簌簌往下流。

"不要哭,先坐下,说说原因。"

"具体原因我说不清楚,我老想妈妈、弟弟和妹妹,每天上课的时候,想起我妈妈一人在地里劳动,我就没心思学习。想到我弟弟妹妹放学回家,一看妈妈没在号啕大哭,我心里更难受。"

"你家里的情况老师知道,你是个很懂事的孩子,可现在是你上学的时间,你要专心学习,考出好的成绩,才是对妈妈的最好回报。"王老师开始做宋艳萍的思想工作。

"像你们这个年龄的学生,从小跟在父母身边,现在读了高中,离开父母,想家很正常,但是要想办法克服这种心理,现在读高中,以后考上大学怎么办?成家立业之后怎么办?难道还要让父母陪自己一辈子吗?这是一个现实问题,你必须认真考虑。"

宋艳萍听着班主任的劝说:"王老师,我错了,以后上课我保证认真听讲,再也不胡思乱想了。"

王老师看到她积郁的思家情绪有所缓解,心里踏实许多,这是一个家庭有变故的孩子,她的责任要比一般家庭孩子重。

事情过后,王老师认真思考这个问题,对单亲家家庭的学生应该多加关心与照顾。

八

根据学校的工作安排,第十周举行了期中考试,同学们都很重视这次考试,因为它是学生升入高中的第一次综合考试,良好的开端是成功的一半,大家复习得非常认真。

期中考试成绩公布,全班成绩比较好,赵帅考了全班第一名,杨婷考了第二名,崔振毓考了第三名。可是入学成绩比较好的梅娟却考得很不理想,这几天她一直闷闷不乐,思想负担很重。

星期六下午,心情压抑的梅娟走出学校想放松一下郁闷的心情,于是她决定去爬山。

时值正冬,寒风袭人,前几天的积雪还没有完全消融,拾阶而上,覆盖着残雪的台阶上冰碴凌乱,让她更有一种如履薄冰的感觉。台阶两旁的国槐被雪覆盖着,稀疏的树枝在冰雪的裹挟下,形成了一串串的冰珠,像玛瑙一样隐隐发光。此时,梅娟无心欣赏,只是信步攀登。

梅娟漫不经心地往前走着,心情随着高度的增加也略有变化,越往山顶走,人越稀少,上山的人几乎没有,偶尔能碰到一两个下山的人。随着环境的清静,心中的郁闷也渐渐冰释了。到了山顶,满山是皑皑白雪,银装素裹。雪白的世界让人心旷神怡,洁白无瑕的山顶给人宽慰。这里是学生无聊烦躁时最爱去的地方,特别是在春暖花开的季节,每天都有学生云集山顶,放松心情。

站在无人的山顶上,冷飕飕的寒风直钻衣领,也掀起了梅娟痛苦的思绪。

高中的第一次期中考试,梅娟的成绩很不理想。可怜的分数像黑云一样无情地淹没了半学期以来的付出,迷惘、困惑让她从失败的阴影中难以自拔。梅娟一直扪心自问:是我下的工夫不够,还是我没有掌握正确的学习方法?她体会到了失败的痛苦,感到试卷是那样沉重,她不知道该怎样面对父母,更不知道如何弥补。

借着刺骨的寒风,梅娟稍微清醒了一点,她开始总结这次考试失败的原因:一是对新的学习环境不适应;二是对高中老师的上课方式不适应。高中课程与初中不一样,初中只要在课堂上听懂,下课能把作业按时完成就可以;而高中课堂上能听懂,下课的配套练习不一定会做。初中教材注重学生记忆能力的培养,而高中教材则注重学生思维能力的培养。平时学习不吃苦,不注重方法,考试绝对考不好。可是换一个角度来想,为什么别人能考好,而自己考不好呢? 难道是自己笨吗? 事实证明,不是的,有些同学的成绩之所以好,与他们踏踏实实的学习是分不开的。总结来总结去,关键是自己没有掌握好的学习方法,努力程度不够。

成绩不好,已经过去,坐着抱怨不如行动起来,一味地追悔过去不能解决问题,假若不能卸掉往日的重负,即使是雄鹰也难以搏击长空。梅娟想,有的人摔倒了,能够从痛苦中勇敢地站起来,有的人摔倒了,却在痛苦中呻吟,不是他没有力气,而是他没有勇气。生活的强者,是绝不会一味地嗟叹或怨天尤人的。期中考试的失败,只能说明过去,不能说明将来,再这样继续下去,等到有一日,蓦然回首,发现自己留下的脚印已被淹没在纷扬的尘土中时,再来怪怨岁月的匆匆,悔恨自己的碌碌无为,已经晚矣。

在新的起跑线上,也许有时会跌倒,但要勇敢地站起来,顽强地向重重困难挑战。梅娟相信,风雨过后一定会有彩虹,就像一个长途跋涉的行者,看见了一个新的目标,眼睛就会为之一亮,那种激动,那种惊喜,那种兴奋,瞬间激发了梅娟的斗志。

站起来,从迷惘中站起来,不再彷徨,不再抱怨,生活怎能在追悔中度过? 梅娟坚定了信心,她要重新站起来,重拾起曾经浑身洋溢着的青春自信,用毅力实实在在地去奋斗。

理清思绪后,梅娟轻松地下山了。她默默地告诉自己:我已经给自己选定了道路,我将坚定不移。既然我已经踏上这条道路,那么,任何东西都不应妨碍我沿着这条路走下去。

<h1 style="text-align:center">九</h1>

期中考试之后,同学们在反思着自己,成绩好的同学,总结经验,争取下次考出更好的成绩,更上一层楼;成绩不好的同学,吸取教训,

争取期末考个好成绩。

但是班里的王亮却无动于衷，期中考试他考得很差，终日无所事事，自己不学习，还经常影响班里的其他同学。王亮初中时没有养成良好的学习习惯，上了高中仍是"任我行"，在班里表现霸道，同学很少与他交流。

同学们越是这样对待王亮，他越感到孤独，只能破罐子破摔了。

杨婷看到王亮这个样子，心里觉得遗憾，家庭困难的学生都在拼命学习，王亮的家庭条件好，他为什么不好好学习？她不想让王亮这样堕落下去。因此，平时她不仅没有躲着王亮，而且尽量尝试着和他沟通，帮他赶上学习。

王亮的父母是地质勘探工程师，一年四季在野外工作，没有时间照料王亮，便把他送到爷爷奶奶身边。两位老人虽然对孙子宠爱有加，但方法欠妥，致使王亮养成了懒惰的习惯。

中午放学，杨婷碰见王亮。

"王亮，回家去呢？"

王亮听到身后有人在喊，扭头一看，是杨婷，他心中一怔，没想到班长主动与自己打招呼，因为他是班里最调皮的学生，有时上自习课的时候爱说话，杨婷管他，他不但不听，反而故意顶嘴，把杨婷气得没办法。再者，王亮考试成绩很差，自己自卑，不敢与学习好的同学搭讪，害怕别的同学笑话他。

"回家去。"王亮说。

"下午第七节课你有时间吗？"

"噢……"王亮搪塞着不知道说什么好，"有啥事？"

"我准备帮你补习一下数学。"

"我……"王亮更是不知所措，"我恐怕听不懂。"

"没关系，只要你用心，肯定能听懂。"

王亮的数学成绩很差，数学老师课堂上经常批评他，他已经对数学失去了信心。

下午第七节是课外活动时间，上课之后，杨婷发现王亮不在自己的座位上。她明白了王亮的意思，不想让自己给他辅导功课。上晚自习前,王亮碰见杨婷,不好意思地低下头。随后几天,王亮一见杨婷就躲。终于有一天,杨婷又主动与王亮打招呼,这次王亮没有躲避。

"前几天下午,我想帮你辅导数学,你为什么不愿意?"

"噢,我感冒头疼去看病了。"

杨婷用眼睛盯着王亮,看他闪烁其词的样子知道他在撒谎。

"真的吗?"杨婷反问道。

"我的数学基础差,上课没有好好听讲,现在已经听不懂了,我害怕被你笑话。"

"不懂才要学呢。"杨婷的口气有点坚定。

王亮感到很不好意思,班长给自己补课,自己不但不领情,反而还躲着人家。

"今天晚自习你没感冒吧?咱们共同学习一下数学怎么样?"

一听杨婷还要为自己补数学,王亮赶紧说:"晚上我还要做其他作业呢。"

杨婷看出了王亮的心思,再没有多说什么。

晚自习前,王亮在自己的座位上如坐针毡,他怕杨婷来,又怕人家不来。吃过晚饭后,杨婷去了教室,看见王亮在座位上,她三步并作两步走到王亮前,随后给他讲起数学。辅导了二十分钟,王亮一点没有听懂,杨婷安慰说:"没关系,只要用心学,慢慢会学懂的。"

杨婷的话,让王亮心中有了一丝希望。

前几次的辅导,王亮似懂非懂,随着次数的增加,他开始对数学产生"兴趣",作业也能按时完成。王亮对数学产生的"兴趣",源于这个年龄阶段男孩子特殊的自尊和面子:他在课堂上专心听讲,是为了感激杨婷。这个理由听起来很可笑,可是青春期的感恩心理就这么单纯可爱。当然还有一个小秘密:他喜欢杨婷的辅导,喜欢听她娓娓道来的讲解,更喜欢她那如二月河琴声一样温暖的声音。王亮对杨婷的态度在悄悄变化,由原来的抵触变成了顺从,由原来的不屑变成了尊重。他的数学成绩更是突飞猛进。

学生就是这样,他一旦对一件事有了兴趣,一定能把这件事做好,兴趣是最好的老师。数学成绩的提高,也增加了王亮的学习信心,他曾

经害怕的学习,现在看起来也没有他想象的那么困难,关键是他以前太懒惰,很少用心过。

现在王亮变老实了,他开始用心学习每一门功课,并且能够静下心来认真思考,当他学习上遇到困难时,想想自己数学成绩的进步,便有了信心和恒心。有时,王亮有一种想法,要是杨婷能把各门功课都能辅导一下那该多好啊!显然他的这种想法有点过分了,杨婷没有办法做到,因为她也是学生,每天要面对繁重的学习任务,她的学习时间也不够用;另外,杨婷的功课有些科目成绩一般,如化学,自己学起来就很吃力,辅导别人就更难了。

王亮不仅各门功课都在进步,在班里的表现也变了好多。以前上自习课的时候,他经常在教室里乱喊乱闹,不要说班委的同学管不住他,连班主任也"敬他三分"。现在他不捣乱了,还能静心学习,这让班主任大感震惊。

难道这就是传说中的"近朱者亦"的力量?

十

半学期过去了,王老师在班级管理中发现,现在学生受成长环境的影响,吃苦能力越来越差,缺乏坚强的意志力和持之以恒、坚持不懈的学习精神。他认为,对学生进行意志力的教育十分必要。于是他拿出工作笔记,记下了这些:

缺乏意志力是学生学习的最大敌人。作为一名学生,超人的才华和上天的禀赋都不如坚强的意志力更能磨炼他们面对困难的勇气。陀思妥耶夫斯基说过:"只要有坚强的意志力,就自然而然地会有能耐、机灵和知识。"爱因斯坦也说:"有百折不挠的信念的所支持的人的意志,比那些似乎是无敌的物质力量有更强大的威力。"这种意志力,对于高中生来说更是不可或缺,他们正处于人生最重要的阶段,思维能力、解决问题的能力、性格特点和行为品质逐渐趋于成人化,一些观念在形成,行为模式在固化,综合素质在提高,他们在高中阶段学到的东西会融进他的生命,化入他的血液,变成他的行动。因此,在这个时期意志力的培养非常重要。

学生是否有坚强的意志力,在很大程度上依赖于他们在逆境中的表现。困难不是使学生垂头丧气,而是激发学生内在的潜力。明确学生的人生目标,促使学生冷静地思考,让学生明白,只有经过逆境中的拼搏之后获得的成功,才最有价值。而这种逆境中的拼搏正需要的是坚强的意志力。有意志力的学生从不会停下来想想他到底能不能成功,他唯一要考虑的问题是如何前进,如何走得更远,如何接近目标。

期中考试有些同学考得不太理想,但是一次考试的失败,并不能说明什么。让学生不要害怕失败,正是那些有意义的失败,让他们更能接近成功。无论在什么情况下,艰苦的付出都会得到回报。因为在人生的道路上,必定有风暴与灾难,有困难与痛苦。

要想将理想变为现实,教育学生一定要做三件事:第一,使人生的目标具体化;第二,集中精力,全力以赴;第三,将目标变为现实。在这一过程中,所必需的条件取决于学生自己,而不是别人,无论学生身在怎样的处境,能把理想变为现实的只有学生的意志力。

要相信自己的能力,相信那些尚未得到完全开发的潜能会随时来帮助。"精诚所至,金石为开"。除了自己,没有人可以关闭实现自我的理想之门;除了自己,世界上没有任何艰难险阻,也没有任何其他力量,可以妨碍学生走上成功的道路。

学生意志力的培养,只有通过他们坚持不懈的努力,但是学生意志力的培养是一个循序渐进的过程,有时培养学生坚强的意志力所花费的代价和血汗,与学生付出的巨大代价很不相符。

但是要教育学生不要放弃,无论学习的道路有多么坎坷,要让学生选择坚持忍耐奋斗。这样,不管前面有什么困难阻挡,不要让它在起点上麻痹了学生,使学生不敢努力向前,甚至使学生成为行动上的侏儒,让勇敢的自信伴随着学生,让他们相信努力了一定会把理想变为现实。

鼓励学生孜孜不倦的追求,锲而不舍的拼搏,坚韧不拔的奋斗,培养学生坚强的意志力,是教师的一种责任。

十一

现在学生很少给家长写信，一是大多数学生从小在父母身边长大，没有机会写信；二是受到各种通信工具的影响，学生们通过短信、微信直接和父母沟通，写信似乎是上世纪的事情了，早被淘汰了。其实，信件有不可代替的作用。

父母与子女之间或多或少都存在着代沟，如何与父母沟通是大部分高中生头痛的事情，尤其是那些叛逆期的学生或羞于表达的孩子，他们内心是多么渴望被大人理解，但是在语言表达的时候总会被大人"无情"地打断或责骂，于是代沟越来越大。而写信就能避免这些，它让人更容易将自己平时难以启齿的苦恼和困惑直接倾诉，家长也能在读信的时候设身处地了解孩子的烦恼。

上了高中离开父母到城里读书，恰好给同学们写信创造了条件。新学年开始，王老师灵机一动，他要求学生给父母写封信，谈谈上高中的感受和考试成绩，或者给父母谈谈心里话。一听写信，当下同学们一窝蜂似的炸开了，有的甚至说，都什么年代了还用这种老套的方式。但王老师要求大家必须完成，后来大部分同学都做到了，并且有的学生写得很好，比如李铭娜写给父母的信就很感人。

亲爱的爸妈：你们好！

这是我人生中第一次写信给你们，不是女儿太懒，而是女儿有好多心里话都不知怎么开口。现在上了高中，告别那个无忧无虑、不懂事、甚至有点叛逆的年龄了，该是长大、成熟、懂事的时候了。我知道，有些事、有些话写出来总比说出来好，所以我决定以写信的形式来告诉你们。

爸妈，对不起，以前我很不懂事，我知道你们平时批评我是为我好，但我不应该装糊涂，还和你们顶嘴。你们平时喜欢拿别人家的乖孩子和我比，我知道你们是想激励我，让我努力学习，让我上进，可是我总是不屑一顾，甚至想干脆让那些优秀的孩子来当你们的孩子算了。说实话,平时我只把你们骂我的话记在心上,对你们苦口婆心的说教左耳朵进去右耳朵出来,全当它们遛弯儿。但是,现在想想,我真后悔那样对你们的良苦用心。

妈妈,记得上次回家看见你忙碌着为我做好吃的,额头上的皱纹又深了,你的两鬓又爬上去了很多白丝。时间真是一个淘气包,将默默为我付出的你悄悄地变老,可我这个粗心又不懂事的女儿却浑然不知。当时我鼻子一酸,眼泪掉了下来。

爸妈,尽管我曾为素不相识的孤老寡人叹惜过,为寒风中大声叫卖的小贩掉过眼泪,我认为他们太苦了。可面对你们——这两个为儿女不辞劳苦的我最爱的人,却没有心存感激,没有用真心去爱你们。想想你们为我付出的,我又何曾感恩过一回?小鸟儿都知道报反哺之恩,而我这个高中生怎能无动于衷呢?爸爸妈妈,希望你们能原谅女儿以前的自私和不懂事,相信女儿以后会用行动去证明:你们头上的那些白发不会白生,你们额头的那些沟壑不会白增,女儿会成为你们的骄傲。

不知从何时起,我不愿向妈妈倾吐心中的不快,不知从何时起,我的日记本上出现了"代沟"这个字眼,我不再想听你们的唠叨了,有时因为一件小事、一句不和气的话、一个不理解的表情,就与你们冷战起来,脆弱的快乐在代沟的上空越来越难找到安身之所。然而,几个月前发生的一件事,让我知道自己是多么无知和自私。那天早晨,寒风凛冽,我打算只穿黑色的毛衣去上学,妈妈拿出一件绿色的外套让我穿上。望着那件外套,我犹豫了,因为每次穿上那件衣服的我都像一只臃肿的大企鹅,我讨厌那样的自己。

"穿上吧,外面很冷,会冻感冒的。"妈妈唠叨着。一听妈妈这样说,我却来了脾气,吼道:"我说不穿就不穿!"说完,迅速背着书包准备去学校。"你走了,就别回来。"妈妈生气了。

"不回来就不回来。"我负气地说。

一到学校，老天好像也专门和我作对似的越来越冷，穿着单薄的我有点后悔了。放学后，当我走出校门时，爸爸在校门口等我，一见面，爸爸就说："回家吧，你妈等你呢。"说着顺手将一件外套披在了我的身上。顿时，一股暖流涌上了我的心头。你们的宽容让我愧疚起来，一路上我都想着回去怎么给妈妈道歉。回到家，我又不好意思起来，先进了自己的卧室，却看见妈妈在桌上留了一张纸条。

女儿：

今天妈妈的话说重了，请你原谅妈妈。但是你要知道，不管妈妈的方式又多不对，妈妈都是真心地为你好。你能理解妈妈吗？

妈妈

看到留言条我哭了，为了缓和我们之间的关系，妈妈竟然先向我道歉了。妈妈，当时我真想跑出去给你道歉，可是不知为什么我只是默默地流泪……

细细品味生活中的每一个片断，我觉得你们是那么无私，我心中曾因你们严厉的训斥而生的怨恨，那些曾因你们的落伍而生出的轻视，那些因"代沟"产生的隔膜，都是那么愚昧无知。我，你们的女儿，现在郑重向你们道歉。

爸妈，真想你们，希望你们在家好好保重身体，我会好好学习，争取以好的成绩报答你们的。

女儿：李铭娜

这封信，李铭娜写出了真情实感，表达了她对爸妈的感激之情。从中看出她在高中发生的蜕变。可见，只要敞开心扉，方式得当，所谓的代沟只需要轻轻一跃，两代人或者几代人，就可以紧紧相拥了。

十二

一学期很快结束了。寒假期间，杨婷也不忘记充电，有家务活时，她帮助父母干些家务活，没有家务活，她就待在自己的房子里学习。

长时间的待在家里学习，有时感到累了，杨婷会走出家门，到村里转转。她爱去的地方是村子前面的空旷山野，在那里可以呼吸一下山里的空气，开阔一下视野，缓解一下学习的倦怠。

冬日的家乡，显得荒凉粗犷，褪尽色彩的山野，像一幅天然的白描图。斑驳、陈旧和寂静的村落掩饰不住岁月的沧桑，跌宕起伏的大山倾诉着神秘的往事，杨婷被眼前的景象感染了，对着原野她闭上眼美美地吸了一口气。这片生她育她的土地，一山一水她早已烂熟于心了，可是每一次眺望她都有不同的感受，每一次远眺似有一股甘醇的清泉从心间流过，滋润心田里那些焦灼的欲望之苗，心里的那些烦恼一扫而光。淳朴的民风，敦厚的乡民，杨婷爱这里的每一个人。还记得她为邻居家的邓惠嫂子——那位朴实贤惠的女人写过一首诗。

冬日早晨的农家媳妇

晨曦还没有露出容颜
你就忙碌在院后房前
头裹的大红头巾如此耀眼
朴拙的打扮
掩不了心灵的乖巧

凛冽的晨风
让你有点瑟瑟颤抖
蹑手蹑脚的姿态
唯恐惊扰亲人的酣梦

手中的扫帚轻盈而娴熟

清扫着昨日的尘渍旧污

扫出生活的绵绵情思

和一个明丽的今天

袅袅炊烟

在晨霭中慢慢升起

柴草在炉灶里

哔哔剥剥地歌唱

早饭在饭锅里

散发着淡淡的清香

炊烟升起的地方

农家的媳妇

烧一锅欢笑

煮一壶开怀

蒸一盆快乐

贤惠可爱的农家媳妇

精通烹饪的诀窍

清晨的你

酿造着一家的幸福

还蓄满了一年的笑声

　　在家乡,像邓惠嫂子这样的妇女太多了,一首小诗岂能写完?

　　站在山峁上往村中看,有一个大的堡子矗立在村子中央,它是村里的象征,堡子占地近三千平方米,墙是用泥土夯打的,高 5 米多,底宽 2 米,顶宽 1.5 米。这个堡子是新中国成立前村中地主王立玺所建,"文革"期间遭到破坏。据说,这个堡子的真正修建者并不是村里的王立玺,而是他的小女婿胡雄特,胡雄特是邻省少数民族,民国初年,由于社会动荡,父母因与人争夺地盘被杀害,他随后带上家中的金银财宝和十几个随从逃了出来。当他到达这里时,不敢进村,在距村约十公里的山坳中挖了几眼窑洞,把财物放进去,让随从看管,他则悄悄地溜进村里,扮成游荡的长工,在村里待下来。后来被王立玺的小女儿看上,做了上门女婿。结婚之后,胡雄特把情况如实告诉给岳父,两人一商量,在一个深夜,王立玺以拉粮为名把那些财物拉了回来。

如此多的财物,王立玺都没有见过,放在家里根本不安全,于是,王立玺决定在王家大院的东边修建一个堡子。对修建堡子,村里人没有质疑,因为王立玺是地主,是村中的首富。堡子修好后,王立玺与女婿胡雄特两人又在堡子里面的东南角挖一个地下室,把剩余的财物藏了进去。

王立玺虽是地主,听长辈们说,他并不坏,村里的人都喜欢给他打长工,他对人和善,要是遇到灾荒之年,还救济贫困人家。所以新中国成立之后,在批斗地主的过程中,他得到村民们的保护,现在他的孙子还在村里居住,有几位重孙已经走出大山去城里闯荡自己的事业,村里第一位师范生就是他的重孙女。这座堡子,也是杨婷写作的素材。

堡子的故事

清冷地矗立在村头
思忖着过去的一切
岁月的沧桑
剥蚀着你的额头
残垣断壁的肢体
展示着一种亘古不变的精神

追忆过去
令你神情向往
威武的身躯
曾经傲然耸立在那最荣耀的地方

厚实的肩膀

勇担着主人的平安

宽阔的胸怀

是主人坚强的依靠

热闹安详的氛围

使你觉得踏实

混乱时的临危不惧

让你感到责任重大

众人行走在你的面前

都会驻足仰慕

你伟岸高耸

标识着主人的尊贵

主人为你长精神

主人因你而骄傲

时间的流逝

使你失去以往的威武

曾经热闹非凡的堡子

慢慢地冷清下来

受到人们的奚落

安定的生活环境

使你没有用武之地

主人的子孙

走出你的胸怀

去追求属于自己的幸福人生

偶尔看到你的人

还会啧啧称叹

你彰显的村落文化

是乡村的骄傲

在这大山深处,杨婷最喜欢的还是冬日的大雪。每当下雪的日子,她会走出家门,漫步在旷野的大雪之中,盘旋的雪花染白了群山大地,登高远眺,恢宏大气的雪世界,伸出双臂把山中的一切拥进自己的怀抱。雪的豪放,雪的包容,会让人感觉到大自然的神韵与博大。此时村子里袅袅炊烟升起,偶尔传来一声鸡鸣犬吠,这熟悉的天籁之音是多么亲切,这是远离尘嚣的另一种奖励。

杨婷留恋家乡的故土,热爱家乡的坑坑洼洼,勤于思考的她,对家乡有着特殊的感情,她喜欢这里的古朴习俗和厚重的村落文化,家乡的一切都能在她的笔下开花,都是她赞美的对象。在信息化快速发展的今天,能够对传统文化情有独钟的孩子已经少见,慎独的思考习惯,理性的思考方式,早早成就着她的梦想。

第二章　风来了

山没有悬崖峭壁就不再险峻

海没有惊涛骇浪就不再壮阔

河没有跌宕起伏就不再壮美

人生没有挫折就不再坚强

……

樱花没有百花争艳我先开的气魄

就不会成为春天里的一枝独秀

荷花没有出淤泥而不染的意志

就不会成为炎炎夏日里的一位君子

梅花没有傲立霜雪的勇气

就不会成为残酷冬日里的一道靓丽风景

人生没有坚持到底的信心与毅力

就不会成为芸芸众生里的一颗亮星

　　　　　　　　——副班长 王吉椿 摘录

一

杨婷喜欢读书,对读书情有独钟,高中的功课比较紧张,但她对课外阅读没有放松过。

杨婷认为,读书可以让自己的思想境界不断升华;读书让自己充实;读书会让自己体味到人生的价值与意义。书是知识的源泉,书是人的精神支柱,是人的精神追求,读书能陶冶人的心灵。读书使杨婷感悟到,书是一面镜子,是一部教人如何生活的镜子。读《论语》让她明白"三人行,必有我师焉"的道理;诗句"慈母手中线,游子身上衣"告诉自己哀哀慈母,生我劬劳;诗句"落花不是无情物,化作春泥更护花"告诉自己师恩无私……

在杨婷的日常学习中,书籍是必不可少的,如果生活中缺少书籍,就好比白天没有了太阳,晚上没有了月亮,鸟儿没有了翅膀,那么生活会变得混乱不堪。书籍是益友,它如一股清泉,滋润着杨婷,让她的心灵变得澄清,品德变得高尚,灵魂变得明净。可是每次和同学谈到读书,杨婷总能听到异样的声音:"读书苦啊。"是的,读书是一件不容易的事,因为它需要人去用心思考,但书籍能给人无穷的智慧,可以让人在宽阔的知识海洋中尽情地遨游。闲时,若能手捧书本坐在书桌前,随着书中的内容心波荡漾,这不失为人生最美的享受。

曾经有人说,世界上最动人的皱眉,是在读书时苦思的刹那;世界上最自得的一刻,是那读书时会心的微笑。学业有成的学生,无不是博览群书,和书籍建立了深厚的友谊。杨婷也不例外,她虽然只是在上高中,但是她喜欢书籍带给她的亲抚和安慰:思想家的谆谆教导,小说的扑朔迷离,散文的浩然与精致,随笔的清丽与动人,都让杨婷回味无穷。不过,读书要讲究方法,梁启超曾说过:"若问读书方法,我想向诸君上一个条陈,是抄书或笔记……这种方法笨极了,但真心做学问的人总离不开这条路……抄书便是提醒注意及继续保存注意的最好方法。"正是领悟了这句话,杨婷变得越来越爱看书了,她的精神世界越来越充实。知识正在改变着她的命运。

二

知识的积累,使杨婷的写作水平提高很快,最近她喜欢上写现代诗,这主要得益于她勤阅读,爱思考。善于观察生活的她,经常以理性的思考方式、辨证的思维分析社会现象。

失落

精神上有了失落
表明曾经奋斗过

失落是一种痛苦
痛苦中带有压抑
失落是一种情愫
情愫中蕴含着动力

失落是一种无奈的释放
感悟人生的坎坎坷坷
失落是对过程的反思
洗涤目标的荒野
失落使人清醒
清醒是奋斗征程中的缓冲
失落使人镇静
镇静是冲刺中的激情

有了失落的心态
才有明确的理想
更有了奋斗的信念和勇气

无聊

人生旅途
风雨兼程
生活中难免有无聊的心境

该想的事情不愿去想
该干的事情不愿去干
该思索的问题没有意识
该欣赏的生活没有心境

前进没有了动力
思想空落落
只是一味地怅惘
然而
无聊不能说是颓废

目标追求久了
出现松弛心态
追求的时间长了
动力有了困顿征兆
重复的次数多了
意识缺少新鲜感
刺激的兴奋点过了
有了一种麻痹的感觉
种种迹象是人类生物钟的常态

无聊时
放松绷得太紧的琴弦
减轻烦躁的思绪

做一次生物钟的调拨

无聊时
想歇就歇
想喊就喊
想静就静

无聊时
可以什么都不做
或者什么都做
切勿自找烦恼
换种方式去寻找生活的踏实
无聊
也是一种额外的满足

　　小小心情的波动,在杨婷的笔下,就变成了一首寓意深刻的自由诗。无聊、失落本是一种负面的生活表现,而杨婷却把它幻化成一种平常的心态,理性地对生活中的消极,使自己拥有一份快乐的心情。

三

　　高中生活既紧张快乐,而又充满幻想。十几岁孩子的天空,晴碧无瑕,阳光灿烂,这是人生希望的第一个起点。青春勃发的高中生的情感世界,那种对异性朦朦胧胧的感觉,悄悄地在他们纯洁如玉的心田里萌发了。

　　在学校,同学们的主要任务是学习,在学习中的互相帮助,生活上互相关照。但是,毕竟是年轻人,同学之间有时因为一点小事吵得面红耳赤,但很快就会和解。最快乐的时候是下课男女同学之间玩玩耍耍,打打闹闹。虽然王老师极力制止过,但学生们依然"禀性难移"。

课间操结束后,同学们一块挤进教室,突然传来一声惊叫,原来是罗淑霞与同桌周鹏正在打闹。

"我和你坐同桌,是我的悲哀。"罗淑霞指着周鹏说。

"彼此,彼此。"周鹏回敬说。

"你老实点,再不老实,我告诉你女人去。"

这时有一位女同学进来了,罗淑霞便冲着那位女生说:"你以后把你的老汉管好,他太放肆了,竟敢在大庭广众之下欺负我。"

罗淑霞的一番话,引起同学们哄然大笑。

同学们刚上完数学课,由于数学老师布置的作业没有完成,班里的同学让数学老师给狠狠批评了一顿,还有几位同学被罚在教室后面站着听课。站着的捣蛋鬼瞿磊喊了一声:"今天数学课上,我仔细观察了一下数学老师,大家猜,我想到了什么?"

听到瞿磊这么一喊,教室里静了下来。

"他那懒洋洋的表情、迟钝的反应和慢一拍的动作,像《天龙八部》中的乌老大。"

"你小子上课不认真听讲,在偷偷地看老师呢,怪不得你的数学那么差。"周鹏也跟着凑起热闹来。

"那你再来评价一下咱们的语文老师。"赵帅说。

"语文老师是严肃的,憨厚中带点可爱,他就像现实版的郭靖。"

"噢,有那么点意思,把各科老师都评价一下。"周鹏说

"那英语老师呢?"

"英语老师是慈祥的,和蔼中带点凄美,无奈中带点柔弱,山寨版的'王语嫣'。"

"化学老师是庄重的,不在沉默中爆发,就在沉默中灭亡,犹如金轮法王转世。"

"物理老师是可爱的,专注的神情,怪怪的语言,大家爱他,在我心中他就是段誉。"

"历史老师是无敌的,帅帅的容貌,酷酷的动作,是潇洒的杨过。"

"地理老师是古怪的,老成中带点搞笑,一个活宝,像周伯通。"

"信息老师是美丽的,白白的皮肤,温柔聪明,柔弱中带有强劲,是

大家喜爱的小龙女。"

"政治老师像个大孩子,暖暖的笑,幽默的言语,诙谐的动作,'可爱'的表情,像个大哥哥,又像个老顽童,大家是爱他的,噢,他还是个'攒'帮会的帮主。"

"政治老师那叫知识面广阔,怎能叫'攒'帮会的帮主?"赵善波说。

"其实依政治老师的性格,我认为他不适合当老师,倒适合当个言论家、批评家或者社会学家,那样才能体现他真正的价值,他是一个十足的社会观察家,真正体现着人类精神文明建设的大师。"王吉椿说。

"你真会拍马屁,要是让政治老师知道了你这样评价他,还不让他高兴疯了。"

"你们怎能这样评价老师?"陈婧接上了话茬。

"那怎么评价?"周鹏反驳说。

"你们评价得多俗气,听听我的。"

"语文老师一开口,鲁迅甘为孺子牛;数学老师一开口,六元六次都能求;英语老师一开口,满口洋文跑全球;物理老师一开口,一根杠杆撬地球;化学老师一开口,二氧化碳变汽油;生物老师一开口,动植物克隆不用愁;政治老师一开口,各国政要好朋友;历史老师一开口,纵横千古数风流;地理老师一开口,宇宙大地逍遥游。"

"到底是班干部,马屁拍得刚刚的。"周鹏喊道。

正当大家评论不休的时候,瞿磊的手机短信响了,他打开一看,嚷嚷着给大家说:"听听我的短信内容,保证大家开心。"

大家立马静了下来,瞿磊念给大家听:"周鹏,恭喜你被青蛙大学、癞蛤蟆系、不要脸专业录取,请你携带好录取通知书、精神病证明,坐二百五十路公交车到傻瓜路、缺心眼街下车,下车后请站在站台边傻笑,到时有一辆驴车接你。"

瞿磊正读到高兴处,戛然而止,不好意思往下念了,王吉椿走到瞿磊面前把手机抢了过来,继续接着念:"收到此短信的是埃及木乃伊,回复此短信的是非洲大野驴,不回的是美洲的臭蛐蛐,转发的是欧洲肥野猪,保存的是亚洲黑猩猩,删除的是大洋洲老母鸡。小样,一毛钱我玩死你。"

听着瞿磊的短信,大家异口同声地说:"周鹏恭喜你被青蛙大学录取,感谢瞿磊带来的好消息。"

周鹏忙辩解说:"短信是发给瞿磊的,怎可能是说我呢?"随后很多同学要求转发此短信。

四

下午课外活动时间,教室里好不热闹,同学们吵吵闹闹,有的学生在看书,有的学生在听 MP4,还有的学生在做作业,讨论着问题。此时班主任一般不进教室,是同学们最高兴、最放松的时候。

正当大家说笑的时候,班里一位女生大声喊:"班长,快来呀,周鹏在欺负我。"其实他们在玩耍。

杨婷正在做作业,听到喊声,抬起头看了看,罗淑霞正和同桌周鹏打闹,她看一眼,没有吭声,继续做作业。因为两人经常这样吵闹,班里的同学已经习以为常了。

罗淑霞的这一声喊,教室里一片哗然,坐在罗淑霞后面的瞿磊嬉笑着说:"班长,女同学被欺负了,赶快,先打 120 急救,再打 110 报警啊!"

瞿磊的一番话惹得同学们一片大笑,这时罗淑霞听到瞿磊的话里有话,起身就向瞿磊走去,没等瞿磊反应过来,她往他的头上狠狠地敲打了几下,大声说:"你小子不三不四,让你感受一下二的感觉。"

"哎呀,妈呀,像你这样野蛮的姑娘以后谁敢娶啊!"周鹏指着罗淑霞说。

罗淑霞转身又向周鹏走过去,周鹏见情况不妙,站起来从桌子上跳到前面的位置。

罗淑霞指着周鹏说:"闭上你的臭嘴!不过你的嘴臭不怪你,怪你妈没有给你买'佳洁士'。"罗淑霞又变相地把周鹏骂一顿。

周鹏正准备还嘴,罗淑霞趁周鹏不注意,猛然跑到他的身边,用手在他的额头上狠狠打两下,抓住周鹏的衣领说:"要不是老班说不要乱扔垃圾,我早就把你从窗子里扔出去了。"

教室里又是一阵大笑。

瞿磊看样子从痛苦中醒过来了。"不要吵闹了,今天给大家老实交代,你们两个谈得怎么样了。"

这一句话,真把罗淑霞的脸给说红了,她再次警告瞿磊:"小心我揍你。"

"这有什么不好意思的,为了祖国的下一代,我们要抓紧时间谈恋爱,不在放荡中变坏,就在沉默中变态。"瞿磊高兴地说。

同学们听着,心想瞿磊这小子哪来的歪道理,整天没心思学习,净学些乱七八糟的东西。

瞿磊看大家用异样的目光看着自己,他更得意了,挺直了身子又嚷嚷起来:"大家听我说,天涯何处无芳草,对象要在本班找,本班女生没多少,但是质量都很好。"他这一番话引起教室里一片轰动,几位比较老实的女生被瞿磊说得不好意思地跑出教室,这可把班里的男生说高兴了,男生们嚷嚷着让他继续发表高见。"好嘞,周鹏把你的水拿过来,口渴了。"

大家看出瞿磊是故意摆架子,用不满的目光盯着他,周鹏说:"我也不是收破烂的,怎么能让你随叫随到呢。"他顺手把瓶子扔了过去。

瞿磊接住水瓶,呷了口水说:"下面还有更精彩的,大家听不听?"

"别卖关子了,快讲,要不然我让你把喝的水给我吐出来。"周鹏大声嚷道。

瞿磊故作神秘地说:"大家知道不知道中学生早恋的易感人群?"他问着,没人吱声。

"我保证没人知道,大家不说我就说了。第一:性格外向,相貌出众的学生。因为这些学生大多敢作敢为,不安分守己,看见适合自己的对象便会去大胆追求,相貌出众的同学,尤其是漂亮的女生,往往经不起别人的追求,她们以被男生喜欢为荣,听信甜言蜜语,很快陷入男生织的情网。"

周鹏马上反驳说:"这是明摆的事实,还用你说吗?"

"那你知道,给大家说说第二种情况。"瞿磊指着让周鹏说,周鹏还真的说不出来。

　　"第二种是喜欢文学、有文艺才华的学生，这些学生受环境的熏陶，感情丰富，多愁善感，喜欢用书中的浪漫情节虚拟自己的感情生活，效仿艺术家笔下的主人公，追求理想的爱情，加上他们特殊的才华，常被异性羡慕，所以很容易获得爱的信息。"

　　这种情况瞿磊还说得文绉绉的，有那么点意思。

　　"第三种情况是学习成绩差的学生。这些学生在班中很没有地位，不受老师的欢迎，在学习上很少受到特殊关心，也无法把精力放在学习上，不会从学习中获得乐趣。于是他们便把精力和时间转向爱情，以弥补精神上的空虚，像咱们班里的周鹏就属于这一种。"

　　周鹏听到瞿磊在说自己，跳到桌子上准备去揍他，旁边的同学拉住周鹏说："他还没有讲完呢。"

　　周鹏坐下来之后，瞿磊向周鹏做鬼脸，继续说："第四种情况，城里的孩子比农村的孩子爱谈恋爱。由于受大环境的影响，他们的思想意识开放，接受新事物的能力强，容易早恋。而农村的学生，受观念的影响，认为谈对象是不文明的行为，违背'父母之命，媒妁之言'的习俗，所以在恋爱方面很收敛。"

　　"瞿磊，你来自农村，听你讲的这些，好像是言情专家，你的这些理论不成立。"

　　瞿磊挠了挠头说："我是从网络上看的，不是实践得来的。"

　　"半天你小子还想实践呀。"同学们都起哄起来。

　　瞿磊接着继续讲："第五种情况是缺少家庭温暖的学生，这些学生长期得不到父母的关爱，生活在一个压抑的环境中，于是渴望被爱，而异性的安慰最能弥补这一点。"

　　瞿磊讲到这里，又呷了一口水说："还想听吗？"没人回答，通过大家的表情可以看出都还想听。他却来了一句"没有了"把大家全逗笑了。

　　坐在一旁的吴宏忠迫不及待地问："瞿磊，我属于哪一种？"

　　"你吗，人长得帅气，属于哄丈母娘的那一种。"大家捧腹大笑。

　　"吃饭去。"不知是谁喊了一声，大家一窝蜂似的冲出教室。

五

上晚自习前,杨婷听说王亮与人打架了,她感到震惊,这次他打的不是别人,而是本班同学魏玉红。魏玉红平时在班里表现很好,学习踏实认真,在同学心中威信很高,王亮为什么打他呢?

听同学们说,下午放学后,王亮没有回家,他找借口把魏玉红叫到校外,当时有的同学看见两人在争执着什么。看样子,魏玉红不想与王亮辩解什么,准备往学校走,王亮抓住他的胳膊不放,两人争吵起来,随后便打了起来。听说王亮把魏玉红打得比较厉害,已经送医院治疗了。

杨婷心乱如麻,这几天给王亮辅导数学时,他的表现很正常,数学成绩比以前进步多了,有时两人在一起学习的时候,王亮还愿意把自己的郁闷事告诉杨婷。为什么猛然出现这样的事情呢?

学校对学生打架的事处理非常严厉,这次王亮把魏玉红打得住进了医院,王亮是逃不过开除这一劫了。

王亮和魏玉红打架的事,同学们都指责王亮不对。

"这一段时间,王亮变化很大,表现也比较好,怎么他……"有个同学说。

"那是装的,表现好还怎么打人?"一位同学怨道。

"自己不好好学习,羡慕别人呗,看不惯就打人,啥德性!"

"我看,这次王亮完了,把人打成重伤,学校一定会严肃处理,可能会被开除。"

"开除了也好,开除了班中少一个捣乱鬼。"

"开除不可能,他爸是位大官,听说他爸回来的时候,县长都请他爸吃饭呢。"

一位同学听到这些,心中有些怨气。

杨婷听到同学们刺耳话,本想反驳几句,但她忍住了。

"江山易改,禀性难移,他在初中经常打架,家庭条件好顶啥用,到头来还不是家庭富裕害了他。"

同学们你一句他一句数落着王亮,听口气大家对王亮很不满。

"听说王亮打架不是为了成绩。"有一位同学提醒道。

"那为了什么?"又一位同学故作惊诧问。

"感情呗。"

说到感情,几位同学不约而同看了一眼杨婷。此时的杨婷意识到了什么,幸亏她刚才没有为王亮辩解,否则,现在肯定成了众矢之的了。但是杨婷转念一想:大家凭什么看我,难道我以前做错了什么吗?给王亮辅导数学,有什么不对吗?他是班里的捣蛋鬼,自己是班长,和他加强沟通,便于班级的管理,同学们怎能往感情上想呢。

杨婷低着头坐着,百思不得其解,她已经没有心思学习了,真想去宿舍里清静一会儿。可是此时,她又不敢走,害怕同学们误会更深。同学们对感情太敏感了,稍有蛛丝马迹都让当事者无可辩解。

杨婷给王亮辅导数学已经招来班里同学的流言蜚语,此时的她只好安慰自己:身正不怕影子斜。可是一听有的同学说她来自农村,看上了王亮的家庭条件,要不然怎么只帮助王亮而不帮助别人呢?听到这样的话,杨婷感到又可笑又委屈,同学们把事情看得太复杂了,她可以摸着良心说,帮助王亮根本不是出于个人感情,更不可能因为他家境富裕。她恨不得马上给同学们解释,但又怕越描越黑,最后决定把事情告诉班主任。班主任了解事情的经过后,他安慰杨婷说,不要听同学们的议论,他会找个机会给大家解释。杨婷听了王老师的话后,心中踏实了许多。

王亮的变化,他奶奶也意识到了,近来王亮听话了,早上不用奶奶催喊他起床上学,晚上下自习后,他能按时回来,有时候还要复习一阵功课才肯睡觉。后来,奶奶听说,孙子的变化是班中的一位女同学在帮忙,她心里对这位同学十分感激,决定等王亮的爸妈休假时,请这位同学来家里吃顿饭。

王亮的爸妈回来休假,杨婷在家长的再三邀请下,同王老师一起去王亮家里吃了顿便饭。

杨婷到王亮家里吃饭的事,被同学们吵得沸沸扬扬。杨婷心想:吃饭不是我一个人去的,还有王老师呢,有什么大惊小怪的。这次她没有理会闲言。

　　杨婷天性有点自负,总以为只要自己做对的事情,别人不会一直说错。

　　魏玉红病好之后,学校处理了这件事情,在王亮奶奶的再三请求下,学校考虑到王亮的家庭情况特殊,事发之后家长又主动认错,最后给王亮一个记过处分。

　　打架的事情处理完之后,杨婷想问一下王亮打魏玉红的原因,证实一下同学们的议论是不是真的。

　　一次课外活动,两人走在了一块,杨婷问王亮:"我想问你一个问题。"

　　通过杨婷的口气王亮意识到她要问什么,默不作声。

　　"你为什么打魏玉红?"

　　听到杨婷的问话,王亮直截了当地回答:"因为他与你走得太近了。"

　　杨婷听到此话,一切都明白了。"你也太霸道,他与我走得近,你就打他?"

　　王亮扭过头,没有回答杨婷的问话,看他的表情有些激动。

　　"他与我怎么走得近了?"杨婷质问道。

　　"最近一段时间,你们两个老在一起,我心里不舒服。"

　　"我们两个在一块儿,那是班级工作的需要,你不知道学校现在要求办黑板报,迎接县上团代会的召开?"

　　"那也不行,他总是跟你套近乎,我看不惯他。"

　　"你看不惯就打人,太不讲理了吧?"杨婷用责备的口气说。

　　"我不管,以后谁跟你在一起,我就打谁!"王亮霸道地说。

　　杨婷不想跟王亮继续争执下去,她有点生气地走开了。说心里话,她感到委屈极了,自己好心给王亮辅导功课,没想到惹了这么多麻烦。刚才一听王亮蛮不讲理的解释,凭着青春少女的心思,她觉察到王亮对自己有了好感。当下,她决定不再辅导王亮了。可她的这种想法没有得到王老师的同意,王老师害怕这样做适得其反,让本来有了上进心的王亮,因此自暴自弃,重蹈覆辙。青春期的孩子,尤其是高中生,对异性产生好感本是正常的心理反应,但是由于缺乏正确的引导或者受周围道德观念的影响,这种好感往往被视作洪水猛兽,有些保守的孩子甚至认为这种行为是可耻的、不道德的,反而扭曲了青春期荷尔蒙分泌的美好礼物,这对他们今后的人生观和价值观有害无益。但是,如何引导王亮把握好"好感"的度呢? 这是王老师和杨婷都头痛的事情。

对于这件事最矛盾的还是杨婷,给王亮辅导功课吧,她害怕王亮陷入感情的漩涡不能自拔;不辅导吧,让王亮又掉入另一个漩涡中。思来想去,她决定还是给王亮辅导,但是要改变策略。恩,就这么做吧,杨婷笑了。

其实,这时候有个人也很苦恼,他就是王亮。自从上次和杨婷交谈后,他心里一直很忐忑,那天他的"表白"不但没有赢来杨婷的赞许,还让她气呼呼地走了。平时他本来就觉得"高攀不起"杨婷,可是自己又无法抹杀这份突如其来的"好感",更无法摒弃自卑带来的困扰,最后只好采取过激的方式——"架祸于人"。哎,都怪自己太任性,这次杨婷肯定不会再理会自己了吧。

然而,几天之后,杨婷一副若无其事的样子,仍然给王亮辅导。但是,杨婷不但给王亮辅导功课,还给班里其他学困生耐心地辅导。这时,王亮才意识到杨婷辅导自己,仅仅出于同学之间的友谊。再后来,只要王亮不主动,杨婷也不找他。杨婷的举止让王亮感到无所适从了,他真后悔上次的莽撞行为,搞得他和杨婷如今都很尴尬。他想从这种情愫中解脱出来,和杨婷回到从前,可是方法在哪里? 他苦恼极了。

六

杨婷的变化,对王亮是一次沉重的打击。最近一段时间,他心烦意乱,以前的老毛病又犯了,不想学习,无所事事。放学回家,一个人待在房子里,也不肯出来。

现在他与杨婷接触的次数比较少,虽然功课辅导杨婷还是如故,但在辅导的时候,没有以前那样放得开,由于心里别扭,都没有了以前那种快乐。

自从打了魏玉红以后,王亮意识到自己错了,王老师找他谈过心,王亮也认真认错了。现在,他想把苦恼倾诉给别人,以释放心中的压抑。可是给谁倾诉呢?给杨婷解释,不好意思开口;给别人说,谁肯听呢?现在他只有把这种痛苦压在心里。

奶奶发现王亮最近变得少言寡语,她以为孙子生病了,又是做好吃的,又是宽慰。"亮子,你最近总是闷闷不乐,是不是生病了?"

"没有生病。"

"是不是有啥事情?给奶奶说说。"

"没有啥事情,就是给您说了您也不懂。"

奶奶看着孙子情绪不好,没有多问。她猛然想起以前给孙子辅导功课的杨婷,想让她帮忙打探一下情况。

奶奶到学校找到杨婷,杨婷说王亮在学校表现很正常,没有什么异常情况,奶奶才放心回去。杨婷意识到王亮已经陷入感情的沼泽不能自拔了,可是自己也感到束手无策。

几天后的一个晚自习,王亮向王老师请假,王老师问他干什么去,他说心里闷得慌。

"你是不是感到哪儿不舒服?"

"没有,只是闷得慌。"

"那你心里闷什么?"

"我说不清楚。"

"请假到哪儿去?"

"想到操场上跑几圈。"

王老师一听有点生气,王亮以前上晚自习在教室里坐不住,说想到外面放放风,现在又要去操场转,于是他斩钉截铁地说:"不行。"

"王老师,我求您了。"王亮带着哭声说,"我真的不是找借口,只想到操场上跑几圈,绝对不会给您惹麻烦。"

王老师一听王亮语气诚恳不像是撒谎,只好说:"那好吧,让王吉椿陪你去,以防校警在校园巡查对你造成误解。"

"谢谢王老师。"

王亮和副班长王吉椿到了操场后,也不与王吉椿说话,坐在草坪上,大约五六分钟之后,他拼命地跑了几圈。看他跑的样子,完全是在发泄某种情绪。

突然间,王亮扑通一声跪在地下,放声大哭,王吉椿赶忙跑过去劝说,害怕影响同学们上晚自习。王亮号啕了两声立刻停了下来,王吉椿轻轻地给他捶着后背。过了一会儿,王亮对王吉椿说:"好了,心里舒服多了。"

两人又默坐一会儿。

"走,回教室上自习去。"王亮站起来,朝教室走去。

王老师一直在隐蔽处默默地看着,对于眼前的一切,他心中明白了,这是青春期的孩子"解决"问题的特殊方式,幸亏王亮这孩子还算克制,不然不知会惹出什么乱子。看来以后想当好班主任,还必须学点心理学,王老师一边感叹一边离开了。

下晚自习,王亮又来到班主任的办公室,现在他的情绪比刚才好多了。

"王老师,我想与您谈谈心。"

"行啊,你先坐。"

"最近,我的心里特别闷,在上晚自习前,我差点崩溃。"

"噢,没那么严重吧?"王老师明知故问。

"我刚才到操场上跑了几圈,喊了两声,现在心里好多了。"

"是吗?看来跑步也是一种释放郁闷的方法。现在你的情绪好多了,老师也感到高兴。"

"王老师,我有一件事情想和您交流一下。"

"可以,只要你信任我,什么事情都可以说,有问题咱们可以商量。"

"前一段时间,我喜欢上咱们班里的一位同学。"

王老师故意装作惊讶的样子,没有说话,只是用眼睛看着王亮。

"是……"正当王亮准备说是谁的时候,王老师用手示意打住了。

"你现在的想法,老师完全理解,都是学生嘛,对方有什么反应?"

"对方没有反应,我知道,我配不上对方,属于单相思。"

"这种想法是美好的,不容易得到的东西是最美好的东西。"王老师语重心长地说道,"不过你现在有这种想法为时过早,因为你现在是高中学生,面临着高考,根本没有时间去思考这个问题……"

"我知道我的想法很不好,但是我控制不住自己,总是往这方面想。"

"这需要毅力,就目前的状况而言,想摆脱这种困惑,你必须要树立远大的理想,先在学习上要取得好成绩,这样不管以后做什么都有很多机会。否则,因为感情学习一落千丈,在高考中被淘汰,在社会上也没有立足之地,那你喜欢的女孩能喜欢你吗?"

见王亮若有所悟地点了点头,王老师决定"乘胜追击",继续给他做思想工作。"我希望你把这种美好的想法先埋藏在心底,安心学习,等以后条件成熟了再提也不晚,为了这份美好的情感你现在不应该萎靡不振,而是拿出勇气要化打击为力量,做一个最好的自己给大家看,包括你喜欢的女孩。"

听了王老师的一席话,王亮如醍醐灌顶,他点头如捣蒜,可还是有点小顾虑,"王老师,您能不能不要……"王老师马上意识到王亮要说什么,他立刻正色回答:"你放心,我一定替你保密。这是两个男人之间的秘密。"两人会意地笑了。

七

这天晚上,高一(7)班的同学一切步入常轨,王老师心情大好,改好作业后,他思如泉涌,忍不住拿起笔记补充前几天的教育心得:

是什么影响学生学习效率呢?

一、学生的知识基础和智力水平是影响学生学习效率的重要因素之一,知识的掌握与学生学习效率的提高是相辅相成的,相互促进的。在中学阶段,学生的知识能力的提高除学生自身努力外,还可以通过班级资源的优势——优等生,与待优生在学习上结成帮扶对子来解决。学生可以自由结合,班主任也可以协调分组进行,引进竞争激励机制,定期总结分析互帮情况,采取一定的激励措施,使优等生有信心帮扶,使待优生有决心提高。而智力水平的改善是一个复杂的过程，因为智力水平有客观因素，也有属于生理性方面的欠缺，但是，只要任课老师认真指导，反复训练，是能解决问题的，效果可能不很显著。

二、动机理想教育，是师生应该共同关注的问题。就学生而言，要明确自己的学习目标，并能坚持不懈地实现的这个目标；就教师而言，教师要对学生进行理想教育，这是任课教师的职责。在问卷调查中，有一位同学这样写道："……希望老师不仅对我们的学习关心，而且能打破科目的隔阂，把理想、道德教育融入所教科目之中，这对于人生需要尚模糊的我们来说是十分必要的。"所有的任课教师应用所教课目的特点，把理想、道德教育通过所教内容讲授给学生，真正发挥各科科目的积极作用，为中学生的健康成长创造更有利的条件。

三、学生情感教育。情感教育最突出的还是早恋问题。"早恋是一朵带刺的玫瑰，我们常常被它的芬芳所吸引，然而一旦情不自禁的触摸，又常常被无情地刺伤。"早恋问题解决不好会给学生学习带来严重的负面效应。处理早恋问题应做到如下几点：

（一）加强中学生的心理健康和青春期知识的教育。在问卷调查中，有一位同学这样写道："随着年龄的增长，猛然间有一种冲动，很想与异性接触与交谈，这种期望的心态促使我对异性产生了好奇，思念班上的一位同学（我也不知道对方对我的态度），搞得我上课精力不集中，经常分心走神，烦躁不安，严重影响了我的学习效率……"这种情况在高中阶段很常见，对此学校应及时组织学生学习心理健康书籍和青春期现象的教育材料，对青春期现象进行正确的引导，拨开心理对身体的迷雾，疏通心理淤积，预防心理疾病，提高心理素质。把青春期的性知识引进课堂，教师要公开讲解，学生要认真学习，家长要正确引导。学生若出现早恋情况，教师家长不能态度粗暴、方法简单加以制止，应该进行正确引导和耐心教育，使他们思想开阔，努力淡化，转移目标。

（二）要采用灵活多样的工作方法解决学生早恋问题。调查中，有一位同学这样写道："……男女同学之间的交往为什么总会被误解？一次偶然的机会，我和一位男同学打闹开了句玩笑，就遭到班主任的训斥和指责，并且叫来我的家长，为什么一句'天造一对，地造一双'的戏语，就遭来如此的横祸呢？""一天我不在家，母亲翻看我的日记，其实日记里面也没有什么，只是写了一些我和异性同学放学一块散步的事，当母亲看到我上面所写内容时，劈头盖脸地把我骂了一顿，我始终搞不明白，我到底干了什么坏事，让母亲如此恼火……"上面是关于处理中学生的情感问题的两个案例。可以看出，对于情感问题，以上的教师或家长都存有误解，或捕风捉影、妄加猜想；或机械猜疑、妄下断语；或随意定性，伤害了学生的心灵。作为教师或家长应该尊重学生的情感交流或正常的异性交往。对学生的异性交往，经查清实属早恋问题，要采用适当的方法进行引导教育，不能粗心大意，草率从事。同时应替学生保密，减少当事学生的思想压力，这能为班主任和家长的工作减轻难度。

（三）积极开展各种健康的有益活动，促进学生的正常交往。"我和她开始时用异样的目光相互回眸，好奇心促使我们单独接触，后来在众多原因面前又不得不强行分开，这是一件很痛苦的事情，若我们双方能通过正确的渠道相互接触，保持一定的距离，也不至于有这样的情况发生……"由此可以看出，积极开展有益健康的活动，对预防早恋有一定好处，它不仅能使学生把精力放在追求高尚的精神生活方面而有效抑制心理冲动，而且在集体的合作中有益于营造一种男女同学的和谐交往、彼此尊重、平等相待、相互关心的良好气氛，使他们的情感得到健康的升华。有益的活动，既能满足学生自我实现的需要，又能对学生进行前途教育、理想教育，自觉抵制各种外界的诱惑，开展丰富的集体活动，可以巧妙地利用舆论和同伴间的相互牵制，避免与少数人的过分亲近，从而使青春期的男女之间的交往能够健康发展。

学生之间的交往，具有一定的理智，在问卷调查对中，学生谈恋爱是否可以拉手、挽胳膊甚至爱抚这一问题时，有相当一部同学认为不可以。所谓的中学生谈恋爱，有的可能只是一种单纯的伙伴关系，是一种"心向往之"的思慕之情。有一位同学这样写道："在老师和家长眼中，我们相互接触是在谈恋爱，其实我们只是在一块聊聊、走走而已，只是想放松一下，再没有什么其他方面的事情和想法……"所以正确处理中学生早恋问题，需要大家通过温情关心，正确引导来帮助学生走出情感的盲区……

写到这里,王老师停下笔来,他的脑海忽然闪现出王亮的身影来。这个孩子不知道战胜心里的那个"情魔"了没有?

八

今天放暑假,宋艳萍昨天早已收拾好行礼,中午十一点多钟,考完最后一门化学,她一个箭步冲进宿舍背上行李,向车站飞奔而去。

经过三个多小时的颠簸,宋艳萍回到家中。她推门喊妈妈,这是宋艳萍的习惯,从小学一直喊到现在。上小学的时候,妈妈听到女儿的喊声,会放下手中的活儿赶紧应答,只要看见妈妈,她心中感到高兴踏实,要是妈妈不在或者应答得晚一点,她总要撒撒娇。但是自从爸爸去世后,妈妈由于整天忙于地里的农活,很少在家,虽没有答应的声音,但她喊习惯了。

妹妹、弟弟听到姐姐的喊声,从厨房里跑了出来,三人相见高兴地抱在一起。

"妈呢?"宋艳萍迫不及待地问妹妹。

"妈去地里浇水了。"

"去了多长时间?"

"中午去的。"

宋艳萍看一下时间,现在已是下午三点多钟,她不由地想起了爸爸,要是爸爸在世多好啊!在这炎热的夏天,爸爸去地里浇水,妈妈肯定会在厨房做好吃的等她回来。宋艳萍赶紧把行礼放到上房,进了厨房,看见饭桌上的饭菜,是妈妈为她准备的,她禁不住热泪盈眶。匆匆吃了两口,她便火急火燎去地里帮妈妈浇水。

远远地看见女儿过来了,妈妈使劲地挥着手,几个月不见,女儿出落得亭亭玉立。"放假了?"妈妈笑不拢嘴。

"嗯。"宋艳萍边说边从妈妈手中接过铁锨。妈妈也没有阻拦,继续问:"多长时间?""四十多天。"宋艳萍一边低头挖着水渠一边回应道。说实话,她心里酸酸的,因为妈妈看起来又老了,黝黑的脸上又添了不少皱纹。自从爸爸去后，身体一向单薄的妈妈挑起了所有的重担，风里来雨里去，男人的活儿女人的活儿，妈妈都干了，她能不老吗？

等到母女俩把地浇完，已是晚上八点钟。回到家里，妹妹正在给猪喂食，弟弟玩累了，躺在炕上睡着了，看到年幼的妹妹已经懂事，她的心里又高兴又心痛，像妹妹艳玲这个年龄不应该承担这么多。其实，自从她进城念书，灵巧懂事的艳玲就主动承担了家务，每天放学之后，除了帮妈妈喂猪、做饭、冬天煨炕外，还要给弟弟艳波辅导作业，姐弟两人学习成绩都很棒，这是妈妈最骄傲的。

放下铁锹，妈妈准备去厨房做饭，艳萍拦住了妈妈，她把妈妈扶到厨房的炕上："妈，您缓着，我来做。"女儿的一句话，让妈妈眼睛潮湿了，她没有说话，默默地爬上了炕。一连几天的浇水，的确让她筋疲力尽了。这时小女儿艳玲把姐姐从城里买来的水果拿给妈妈吃，艳萍也边做饭边给妈妈讲学校发生的事情。说到高兴时，母女三人笑得前俯后仰。这个时候，家中有了往日的欢笑。

艳萍把饭做好，端到妈妈的身边，艳玲把弟弟叫醒，一家人围在一起吃晚饭。吃过晚饭之后，母女仨说了些掏心窝的悄悄话才入睡。

假期里，艳萍的主要任务是在家做饭，有时帮助妈妈干些农活，大部时间在家里复习功课。上了高中，宋艳萍的学习成绩很好，前两天，学校把期末考试成绩邮寄到家中，这次考试成绩有很大的进步，由原来的班中第十名考到了第四名。看到成绩后，妈妈高兴得不得了。

每天早上，艳萍帮助妈妈做好早点，妈妈吃了早点去地里干活，自己洗刷完之后，和弟弟妹妹一起看书，给他们辅导作业。中午妈妈回来，艳萍把午饭做好，下午，她帮助妈妈干些力所能及的体力活，或者与妹妹弟弟一起给猪羊拔草。

苦难是一个家庭的不幸，但是也是孩子成长中的一笔财富，在苦难中成长的孩子，比一般的孩子要坚强。

妈妈心情最高兴的时候，是她从地里劳动回来，看见三个孩子在一块学习或者玩耍。三个孩子看到妈妈，二女儿艳玲从妈妈手中接过农具，儿子艳波给妈妈盛水洗手，艳萍给妈妈端饭，一家人围着饭桌吃饭。要是儿子艳波边吃饭边向妈妈告状，说两个姐姐欺负他的时候，妈妈最高兴了。问起原因,他会噘起小嘴说因为作业没有完成,有时还会委屈地掉下眼泪,当时妈妈会先"批评"两个姐姐,再安慰委屈的儿子,两个姐姐会捂嘴偷笑。

女儿对妈妈的依赖是天生的,宋艳萍自放假以来,一直围绕着妈妈,看她坚强的时候,犹如壮士出征义无反顾;看她脆弱的时候,经常在妈妈面前娇声娇气,有时候很小的一件事情,她会惊喊着让妈妈来帮忙。对于女儿的故意撒娇,妈妈感到既甜蜜又幸福。

女儿大了,天天有和妈妈说不完的话。一天,母女俩聊得很开心,妈妈一直开怀大笑。看妈妈高兴,宋艳萍决定将自己憋了好久的心事告诉妈妈。

"妈,我们班里有一位男生在追我。"宋艳萍说话的时候像犯了错似的,脸通红通红的。妈妈心里一惊,女儿长大了,但她沉默了一会儿,故作镇定地问:"答应他了?"

"妈,看你说的……"艳萍对妈妈直截了当的问法有点不好意思。

"回答妈妈的问话。"

"没有,对方只是有那点意思。"

"高中的课程紧,来不得半点的分心和松懈。"

"这我知道,可是对我的学习有一点的影响,只是有时候让我心烦意乱。"

"是不是已经分心了?"

"不是,影响不太大,就是心里怪怪的。"

"妈问句不爱听的话,你们单独接触过没有?"

"没有,有时只是在教室里商讨一些学习问题,我装作不知道。"

"这件事情你一定要处理好,不能耽搁了双方的前途。"妈妈边说边察看女儿的神情,看她那镇静的样子,可以判断出她还没有陷进去。

"嗯,我知道。"

"你一定要把持好自己,千万不要因此荒废了学习,毁了自己的前程。"

"没那么严重吧?"女儿低声说,"我们班里有一对谈对象的,好像对学习没多大影响。"

"那他们的学习怎么样？"

"男生很优秀，但女生的成绩一般，可她平时学习挺用功，有时只是周末在一起聊天。男生一直是班里的前几名，也看不出成绩有倒退的迹象。"

"你们班里这个男生倒退了。"

"你咋知道了？"女儿惊讶地问妈妈，还以为妈妈知道这件事。

"我猜的，按理说你们班的这位男生应该考你们班的第一名，别的学生在进步，他为什么不前进？"

宋艳萍抬头看了妈妈一眼，妈妈忍不住笑出声来，她看出妈妈是故意的，"妈，你真会逗人。"女儿往妈妈身边使劲靠了靠。

"不管怎么说，学生不能谈对象，咱们邻居小张就是吃了高中谈对象的亏。"妈妈严肃地说。

说起邻居小张，宋艳萍清楚，前几年在中考时候，他考了全乡第一名，听说当时在全县都是排在前面的好学生，后来上了高中因谈对象，成绩下滑，高中毕业没有考上大学，现在在家务农。

"小张因为谈对象耽搁了学习，你们这个年龄不能理性控制自己，如果谈对象，没有心思学习，你刚才说的你们班谈对象的两位同学没有影响学习，那只是个别现象，成绩退步不太明显罢了。"

"高中生，大部分学生对异性有好感，而不是谈对象。"宋艳萍接着说。

"有好感并没错，但不能凭一时好感，想谈对象，还是理智一点好。"

宋艳萍听着妈妈的话，认为有道理。

"我相信我的女儿会把这件事处理好的。"

母女俩宛然对视一笑，一切尽在不言中。

转眼之间，暑假结束，宋艳萍要去上学，开学升高二，这一年很关键，她是不会辜负妈妈的期望，她一定要考个理想的大学来报答含辛茹苦的妈妈。

假期的沟通，让妈妈了解了女儿，女儿长大了，有了自己的思想了。

第三章　迎风蜕变

有理想的导航
就不能让拼搏的心在沉沦中停止
有圣贤的教诲
就不能让求知的心灵在尘埃中落定

一心向着自己目标前进的人
整个世界都会给他让路

伟大人物最明显的标志
就是他坚强的意志
弱者等待时机
强者争取时机
智者创造时机

——学习委员 张晓莉 摘录

一

父母为子女的付出是无私的,做父母的都盼着儿女有出息。就拿孩子上学来说,只要孩子想读书,父母再苦再累都能扛着。就是孩子不想读书,他们也会想办法让孩子读书。王老师对此感悟最深了,有两件感人至深的事情至今让他记忆犹新。

记得暑假开学的时候,有一位父亲领着儿子在校园里来回走动,这位父亲衣衫褴褛,身体佝偻,皮肤黧黑,脸上的皱纹像纵横的沟壑一样。听说这位父亲在县城已经待了好几天,今年他的儿子尚波高考考了三百分,想到学校补习,可是考试成绩太低,达不到补习规定的分数线,父子俩在县城的几所高中跑了几天没能把名报上。现在这位老父亲没办法,只好一人蹲在学校花园拐角处,偷偷地擦眼泪,他的儿子尚波站在父亲旁边。

按照这位父亲的说法,三年前儿子从乡下考上高中,成绩很优秀,可令这位父亲想不通的是,以高分考上高中的儿子,高考成绩一落千丈。其实,学校里有很多像尚波这样的学生,他们之所以高考名落孙山,大概有两种原因:一是中考和高考考查学生的能力不一样,学习方法没有做相应的调整;二是学生的个人因素,农村学生到城里来读书,远离父母,自由支配的时间多,没有父母的监控,自控能力差,学习上会出现放松的现象。听说尚波属于后者,他家在山区,父亲长期在外打工,母亲在家操持家务。上高中之后,父母对他没有"远程"督促,导致他在学习上放松自己,并染上了一些不良习惯。现在补习报不上名,尚波悔不当初,但为时已晚,看着父亲口干舌燥地向学校领导解释,低三下四地求情,他恨不得用头撞墙。

尚波的父亲在省城打工,没有技术,打的是零工,在一家装修公司搬运装修材料,老板一天支付七八十元的工钱,靠苦力搬运东西,活太苦。可是,当他想起儿子在高中读书需要生活费时,老人家来了精神,他希望儿子能好好读书,将来考上大学,再也不干他的苦力活。前一段时间,他随装修公司在一所大学内搞装修,当他看见那些拿着书本的大学生时,心中激动不已,他想要是自己的儿子在这所大学读书那该多好啊!每天早上七点钟,下午七点钟,老人家会准时站在教学大楼门前,看着大学的男生女生匆匆地走进教室。他喜欢这种风景,看着那些进进出出的孩子,仿佛看到了儿子上大学的情景,老人家心里既满足又欣慰。可是,儿子的高考成绩,把他彻底浇醒了,让他痛苦不堪。为此,他责骂尚波,但这又能改变什么呢?

可怜天下父母心,有一位母亲让王老师更是感动。

每天放学的时候,学校门口有一位妈妈推着轮椅接女儿回家,从来没有间断过。女儿马辉是一位残疾人,行动不便。可她身残志不残,从小懂事的她发奋学习,初中毕业后以优秀的成绩考入高中。

马辉拄着双拐踽踽地走出,妈妈慌忙迎上,躬身将女儿扶到轮椅上,低头询问了几句,母女俩会意地对视一笑,仿佛所有的灾难都是头顶掠过的浮云。

女儿应该有自己幸福的童年,应该拥有蹦蹦跳跳的快乐,然而几年前的一场疾病,使她过早地失去了双腿。女儿坐在轮椅上,其实妈妈也"坐"在轮椅上,女儿是躯体在轮椅上,妈妈却是一颗心在轮椅上。有时女儿问起自己的过去,妈妈总是用善意的谎言骗过去,使女儿回忆里多了一份甜蜜,编织梦想的行程中多了一份憧憬,她相信女儿有对隐形的翅膀,迟早会在她自己的天空翱翔。可是,谎言不能改变残酷的现实,她知道,女儿每次看到别的孩子快乐地玩耍时,是多么想与大家一起啊。为此,妈妈总是想方设法地弥补,比如每年过春节,妈妈总是说谁能吃到饺子中包了一个硬币,谁就最有福气。每次,总是马辉吃到。

像这种小把戏,马辉的妈妈做得太多了。其实,马辉又何尝不知道妈妈的良苦用心呢?自从自己身体残疾后,妈妈白天强装笑脸,晚上又流过多少泪,恨不得身残的是她自己。可是,只要天一亮,妈妈又像是换了一个人似的,精神百倍地照顾她,好像昨日的阴霾一扫而过。坚强的妈妈也感染了马辉,抛却身体残疾带来的自卑,她拼命学习,希望辛苦的妈妈能看到一个有用而懂事的女儿。她常告诉自己:没有谁比从未遇到过不幸的人更加不幸,因为他从未有机会检验自己的能力。病魔无情,亲情无价,爱的力量能改变一个人甚至一个家庭的命运。

在校门口,每次看到马辉的妈妈接送马辉去学校,无论是老师还是学生,大家都投以敬佩的目光。看来,灾难就像刀子,握住刀柄就可以为人服务,拿住刀刃会割破手。

当王老师把这两件事讲给同学时,教室里静静的,同学们都在认真地思索着,王老师乘机鼓励大家用一句话写下自己感受。杨婷写道:"一个人绝对不可在遇到危险的威胁时,背过身去试图逃避。若是这样做,只会使危险加倍。但是如果立即面对它毫不退缩危险便会减半。"王亮引用了狄更斯的一句名言:"天下最苦恼的事莫过于看不起自己的家。"宋艳萍更是感同身受,写道:"全世界的母亲是多么的相像!她们的心始终一样,每一个母亲都有一颗极为纯真的赤子之心(惠特曼)。"还有很多同学都写得很好,看完大家的感受,王老师笑了。

二

升入高二年级,杨婷的学习优势充分发挥出来,山里孩子一旦确定目标,那种不服输、能吃苦的劲儿在她身上显露出来了。她学习时,会专心致志,不带有一点杂念。学习之余,她又会调整好自己的心态,思想天马行空。她喜欢课外阅读,一有时间,就疯狂地做读书笔记,在上高中一年多的时间里,她摘抄读书笔记近五十万字,这大大提高了她的写作能力。

起初,杨婷只是摘抄一些东西,慢慢地积累多了,自己尝试着写,一开始写一些小诗,接着开始学着写散文,她的处女作《街头景观》在市报上发表了。

街头景观

(一)

盛夏的傍晚,夕阳的余晖把大地染成了橙黄色,炽热难熬的热浪慢慢退了,代替的是凉风习习的傍晚。工作一天的大人们吃过晚饭后领着孩子、扶着老人到城区散步消遣,以解工作的劳累。

干净宽敞的广场上,三三两两的人群,悠闲地走着,熟人朋友相见亲热地打着招呼,彼此的问候让夏日的傍晚多了一份清凉;路边的啤酒摊和休闲椅上坐满了人,有的是走累了稍加休息,有的是三五成群坐在一起喝几瓶啤酒互相闲谈……忽然,一阵笑声吸引了众人的目光,放眼望去,不远处有一位小姑娘推着轮椅,轮椅上坐着她的奶奶,旁边站着她的妈妈。小姑娘正在给奶奶和妈妈讲一个脑筋急转弯故事:"小明爸爸有三个儿子,老大叫大毛,老二叫二毛,那么老三应该叫什么?"奶奶抢着说:"叫三毛。"小姑娘摇了摇头,妈妈说:"叫尕毛。"小姑娘又摇了摇头,奶奶显然是着急了:"你说应该叫什么?"小姑娘调皮地说:"叫小明呀,这不是明摆着吗!"奶奶哈哈大笑,嗔怪道:"胡搅蛮缠。"孙女回敬道:"奶奶不开窍!"说完,三人畅怀大笑,旁边的人都投去羡慕的目光。微风吹拂着人们的笑脸,笑声荡漾在橘红色的天空,妈妈偶尔轻轻地抚平奶奶被风吹起的头发,简单的动作传递着爱的讯息。人们常说:"婆媳自古是冤家。"但是从眼前的这一幕来看,这句话并不是十分正确。

听人说,老太太的儿子是一位民营企业家,一年四季在外面揽工程、跑项目。老太太行动不便,儿子不能在家伺候母亲,有一种说不出的愧疚。丈夫的愧疚被漂亮贤惠的妻子看在眼里,为了不影响丈夫在外工作,她爽快地代替丈夫尽心侍奉着婆婆。妻子的举动让丈夫非常感激,他为有这样的妻子感到自豪。去年他被评为"市十大杰出青年",他在致谢词中,一半多是在感谢妻子,据说听得当时在场的人热泪盈眶。

此时,老太太正扬起右手向前方指着什么,儿媳和孙女循着老人所指的方向躬身凝视着什么。现在提倡建设社会主义和谐社会,虽然我不太理解大和谐的具体含义,但是在这里我看到了小和谐:傍晚,婆婆、儿媳、孙女一家三代谈笑风生的画面。

（二）

　　早上，雨在渐渐沥沥地下着，经过雨水洗涤过的空气，湿润清爽，湿漉漉的大街上，行人如织。从他们匆匆忙忙的身影中看出，大部分是送孩子上学的家长和上班族。

　　一位家长把女儿送到学校门口，小心地把她从自行车上抱下来，帮她把书包背好，打开雨伞。小孩正准备走进学校，突然转转过身，好像想起了什么，对着身边的爸爸说："昨天的作业还没有做完。"爸爸若有所思地想了想，说："做完了呀。""还有一道思考题呢。"女儿着急地说，"当时间是下午三点整时，把手表放在镜子前，镜子里的时间应该是几点？"爸爸被女儿突如其来的问题一下子给蒙住了。"赶快说呀，要不我就迟到了。"女儿撒娇似的大声喊着，显然对爸爸慢半拍的反应很不满意。机智的爸爸猛然从女儿的喊声中惊醒，略加思考地回答："是晚上九点钟。"是对是错孩子并不理会，只是向爸爸做了个鬼脸便跑进学校。看着女儿匆忙的背影，爸爸把头一歪，然后摇摇头笑了……

（三）

　　经过春天的播种，夏天的耕耘，金秋迎来了丰硕的收获，农民们拾掇完地里的庄稼，意味着农闲时节的到来了。辛苦劳累一年的人们，该犒劳犒劳全家人了。于是喜获丰收的农民带着秋收的喜悦来到县城，购买些衣物之类的。

　　一对中年夫妇领着一个小女孩儿，从南大街走到钟鼓楼，又从东关走到西关，来回走了几个回合，逛商店、购物品，从妇女手中提的东西来看，收获不小。看样子，他们是走乏了，准备找个地方歇歇脚，女人跟在后面，女孩还在不时地东张西望，好像没有过完瘾似的，在妈妈千呼万唤地催促下，她才慢慢地挪着步子。

　　在街道的拐弯处，女孩儿看见烧烤的红薯，马上来了精神，嚷嚷着让妈妈买。女人没有理，径直进了一家商店，男人却笑着回头买了两个大红薯,随手递给女孩一个。父女俩坐在商店对面宾馆的台阶上,男人掏出一支烟,悠闲地吐着烟圈儿,女孩儿幸福地啃着红薯。女人从商店出来了,变戏法似的从身后拿出一瓶啤酒,男人憨憨一笑,用嘴咬开啤酒盖,咕咚咕咚喝了几口。女人坐在男人身边,边吃红薯边从盒子里取出新买的皮鞋,穿在脚上,把脚左右扭动了几下,用手抠抠鞋帮,反复掂量着,脸上露出满意的表情。忽然,前面响起了鞭炮声和音乐声,原来是一家商店在搞促销活动,三人不约而同地站起来,宾馆的台阶上留下了三个屁股坨坨,三人屁股上却沾满尘土。女人顺手拍了拍,男人和女孩根本没管。

无拘无束的走走转转,不分场合的吃吃喝喝,一向不修边幅的庄稼汉就是这样,他们认为人和庄稼一样,不粘土了就没有活头了。土,就是生命源,庄稼土生土长;人也一样,土里滚爬才有劲儿。城里的水泥地是好,但是一下雨了,水像失调的驴子一样乱跑,不像乡下的雨那么金贵;城里的高楼是好,但是不管闲还是忙,邻居们都不打招呼,仇人一样的,不像乡亲们那样热闹。人活着要有生气,可爱的庄稼汉喜欢那种勃勃的生气,可是城里太缺这种东西了。

小小文章的发表后,激发了杨婷创作的激情,她更加珍惜时间去读书写作,随后,她写的《让生命平顺》在省级散文评比中荣获二等奖。

让生命平顺

偶尔经过医院门口,里面传来撕心裂肺的哭声,一听就知道有人去世了。人活着,生老病死属于自然现象。人生最需要什么?不同的人有不同的回答,答案可能最多是:让生命平顺。

一个人从呱呱坠地到耄耋之年,在人生漫长而又短暂的几十年,有着说不尽的酸甜苦辣。生活中的不如意处处皆是,疾病的折磨，工作上的不称心，仕途上的不如意，子女教育的不理想，单位里的小摩擦……这些都是人生之常态。其实，生活过得是否舒心、幸福，生活质量如何，关键要看自己的心态和生活方式以及人生追求的目标。境由心造，心由行造。

一个人在自己的哭声中诞生，在别人的哭声中死去，两头都是眼泪，人的一辈子怎能不苦不累。但是，一个人对于苦和累的看法，也是取决于他的心境。家财万贯的人，从表面上看他活得开心舒坦，幸福美满，其实未必，物质上的富足并不能抹杀他们精神上的空乏。推着三轮车走街串巷卖菜的老大爷，他或许每天腰酸腿疼，可当他们数着挣来的一二十元钱，心中流露出的踏实和喜悦是百万富翁不能体会的。

短暂的一声哭，从妈妈十月怀胎的艰辛过程中诞生。然而人的死亡，就没那么简单，人在离开世间的一刹那相当痛苦，抽搐的面部表情和急促的呼吸声表明他对世间一切的留恋是多么真切。"好死不如赖活着"这句话是否正确，可能只有到过阎王殿、鬼门关的人才清楚，但是走过的人回来的有几个！

因此，人生在世几十年，活出质量才最重要，人生世事多磨难，凡事只求半称心。不要为过多的追求所劳累，陷入欲望的藩篱之中，哪怕是碰到生老病死，那也是"我心坦然"，视其为人生的"过程"，那么，人生还有多少遗憾和不快乐呢？

在生活的过程中少一点复杂多一点简单，我认为这是一个人最好的生活方式。因为这样，人的精神状态受外界的烦扰比较少，才能活出质量。事业飞黄腾达，生活称心如意，家庭幸福美满，只是相对而言。由于人的秉性、追求以及个人的欲望不同，处世态度也不尽相同，所以幸福感也相差很大。一位哲人说得好，人一辈子活出复杂容易，活出简单难啊，因为活出简单需要一种豁达的心态和健康的欲望追求。

人生既长又短。在人生的道路上，既有旖旎秀丽的风光，又有荆棘不平的道路，珍惜生活中的幸福，去创造美好的人生,让自己在社会角色中尽好自己的责任。凡事想开一点,开开心心地活着,畅畅快快地工作,有生之年不要留下太多的遗憾。

　　杨婷文学作品的发表,在校园里引起了轰动。在校刊竞选主编的过程中,她脱颖而出,成了校刊的主编。

　　主编校刊,责任重大,杨婷更注重自己写作能力的提高,繁忙的编辑业务,锻炼了她的组织能力和协调能力。她珍惜每一次机会,对每一件事全力以赴的态度,受到了老师和同学的赞许。繁琐的编校工作,并没有影响杨婷的学习,反而成了她的学习动力,她现在有两把"刷子",一把用来扫除学习上的障碍,一把用来扫清编校工作中的拦路虎,一路扫过,扫出了成就感,也扫出了成绩。

　　但是,在现实中,像杨婷这样面面俱到的学生实在太少了,它需要超凡的毅力和非同寻常的坚持。执着容易让人上路,勤奋容易让人成功。这是杨婷之所以优异的原因。

三

　　国庆节到了,同学们一提起放假,心中有种按捺不住的兴奋,家在偏远山区的学生,一学期可能回一两次家。久离家乡的大人都会想家,何况是未成年的孩子。在国庆放假的前一天,杨婷给家里打了电话,嚷嚷着要回家。已经高二了,父亲嘱咐她,没有事情尽量少回家,在学校好好学习。可是倔强的她,一旦决定了的事情是不会回头的。母亲知道她的个性,一听到她恳求的语气,知道劝阻也没有用,早早地准备好吃的去了。

　　第二天一大早,杨婷去车站坐车,那个高兴劲甭提了。车出了县城,疾驰在回家的路上,隔着车窗向外看,公路两旁的庄稼到了秋收的季节,橙黄的玉米微微颔首,在微风的吹拂下轻轻摇曳,似乎向路人清唱着丰收歌。偶尔,公路两旁裸露出一两块的空地,那是勤快的农人已经把庄稼收割了,留下的是明年的希望,收走的是今年的喜悦。

快到家时,杨婷完全被眼前的秋景迷住了,家乡的秋天金黄一片,秋风起处,落叶萧萧如蝶飞舞;寒霜过处,烟雨迷蒙氤氲飘摇。秋天的神秘绰约,寂寞辽远在这里一览无余,杨婷不得不感叹大自然的鬼斧神工。

回到家中,母亲为女儿准备好饭菜,吃着母亲做的饭菜,杨婷像变了个人似的,完全没了在学校里那种细嚼慢咽的样子,忽然狼吞虎咽起来。嘿嘿,学校的饭菜虽然不错,但比起家里母亲做的饭,简直是天壤之别。看到女儿吃饭的憨相,母亲满足地笑了。

放假几天,杨婷每天都帮父母收拾庄稼。农家的孩子放假回家都要劳动的,懂事的杨婷,专挑重活干。干活的时候,她突然发现母亲苍老了很多,以前掰玉米,是她吭哧吭哧地跟在母亲身后赶趟子,现在掰着掰着她竟然把母亲落了好远。看着母亲气喘吁吁的样子,杨婷很心疼,她转过身来掰着母亲那一垄,等和母亲接上头,母女两人又并肩掰起来。看着手脚麻利的女儿,母亲心里自豪感满溢。农家的女娃就这样朴实,在劳动中获得满足和快乐,孩子和庄稼一样,要是能体会父母的艰辛,他们也熟透了。

在山里劳动,庄稼是耕种在山坳里,没有宽阔的视野去体悟大自然的神韵,劳动时,只能看见影影绰绰几个人在山间田地里耕作,村落多分布在山间,偶尔看到氤氲的炊烟从低洼处升起,让人心中涌出一股暖意。

休息间隙,登上山峁远眺,粗犷的大山显得沧桑凝重,秋天蕴含着丰收的喜气,让人赏心悦目,让杨婷思如泉涌。

原野

辽阔的原野

在天高云淡中

豁达空旷

极目远眺

原野如沧桑的老者

稳重安详

纵横的皱纹

流溢着岁月的行程

深沉凝重

怀里躺着枯黄的一切

把囊括天宇的原野

装扮得臃肿丰满

似长途跋涉的少女

疲倦地偎依在妈妈怀中

温馨恬淡幸福

没有了春的生机盎然

缺少了夏的妖娆妩媚

收敛了秋的潋滟丰硕

有的只是初冬的寂寥空旷

原野　宁静

深邃沉稳

正像妈妈十月怀胎

一朝分娩

妈妈失去了往日的靓丽

却孕育了一个鲜活的生命

多了一份厚重

少了一些浮浅

安怡的原野

恬静地躺着

稍作休整

蓄积能量

去追求那属于自己的辉煌

国庆长假结束,杨婷返回学校读书。母亲看着女儿收拾东西的样子,感叹不已:弹指一挥间,十几年过去了,曾几何时女儿还是一个嗷嗷待哺的婴儿,如今却长成了亭亭玉立、初谙世事的大姑娘了。杨婷临走时,母亲还是那几句老话,她听了频频点头。走在山间的小路上,杨婷忍不住又吟起诗来。

山间小道

眺望远山

有一条曲线

逶迤着伸出大山

线的一头连着山外

另一头牵着生我育我的家园

先辈们沿着小道

和庄稼结伴

世代旅行着播种的誓言

繁衍着的子孙

享受大山馈赠的安逸

蜿蜒的羊肠小道

背负着辈辈人的重托

谨慎坚定执着

为出世者指点迷津

让跋涉者永远追求

不知何时

小道打了一个盹

外面世界的精彩

顺着小道溜进大山
山壑中的人家
打破以往的寂静
恬静悠闲的农家观念
受到冲击洗礼

大山里的观念变了
有人沿着小道出去
又顺着小道进来
一出一进
思想开放了

明丽的山外景观
激励着山里的人们
寻找着走出去的筹码
读书是唯一的途径
昔日寂寥的校园
传出欣慰的叽里呱啦的读书声
声音传出大山
孩子们走出了大山

山里最早出去的娃娃们进山了
时隔不久的艳阳天
山里的小道变宽了
变成一条柏油马路
山中的老者笑了
笑声染蓝了天
山中的小道
一头连着祥和安康
一头连着幸福的家园

山间弯弯曲曲的小道,是山中祖辈们日复一日走出来的,杨婷想到村中的人们在为改变贫穷而奋斗,先辈们早已意识到了教育的重要性,再穷不能穷教育,再苦不能苦孩子。倾囊供孩子读书,已成为村中父老乡亲们的教育观念,她在诗中的设想,一定能够实现。

四

国庆节长假结束后,王老师发现班上的瞿磊在学校的表现越来越差。据王老师了解,在上初中的时候,瞿磊是一位懂事的孩子。家中姊妹多,他白天上学,晚上帮父母干家务,家庭的拖累让他学习精力不够,成绩开始下降。忙碌的父母只知道儿子在学校读书,至于考试成绩,父母无心过问,一是因为父母的教育观念落后,认为他上不上学都一样;二是父母没有精力过问,他们整日在地里劳动,繁重的体力劳动让他们整天筋疲力尽。就这样,缺乏父母关心的瞿磊在第一年中考中落榜了,当时的父母不想让他复读,可是他非要复读不行。这一年,是他学生生涯中最辛苦的一年,当时他抱着背水一战的决心,一定要考上高中。第二年他如愿以偿,考上了县重点高中。刚上高中的时候,他信誓旦旦,一定要抓住来之不易的机会好好学习。可是第一次期中考试让他打了退堂鼓。考试成绩排在班级的后面,这时候,他认为自己不是学习的材料,开始怀疑自己的智商。因为他觉得自己在高中学习也很努力,但是成绩却与付出相差太大,他绝望了。

对学习失去信心的瞿磊,不但学习三天打鱼两天晒网,还染上了不良习惯。最近,瞿磊常常跟父母要钱,自从考上高中后,父母对他的学业充满了期望,对他是有求必应,即使四处借钱,也不想委屈他。然而,蒙在鼓里的父母根本不知道他将钱用来买手机、高档皮鞋……随着他要钱的次数增加,父亲开始怀疑了,母亲更是纳闷:这孩子在城里把钱都干啥了?念个高中这么费钱,开学的时候把生活费给够了,怎么还向家里要钱?父母越想越不对劲。

毋庸置疑,上高中后瞿磊变了,变得和他刚走出大山读书时不一样了,那时他还是一位纯朴憨厚的山里小子,如今他却一改昔日的腼腆和拘谨,变成喜欢夸夸其谈、个性张扬的"翩翩学子",在校园中迅速脱颖而出,成为学校里响当当的"人物",其他班里同学没有不认识他的。

一个星期六晚上,由于学习的压抑,本宿舍的同学在瞿磊的提议下,每人凑了二十元钱,准备到外面的酒吧狂欢一下。在酒桌上,瞿磊侃侃而谈,喝到兴致时,发表一番"精湛"的阔论:"现在读书与以前不一样了,以前大学生少,读大学不要钱,工作包分配,而现在的大学生已不再是时代的骄子了,多得用火车都拉不完。上学除了花钱,毕业之后还要自谋职业,这纯粹是浪费青春,有什么好处呢?我初中的同学,去年没有考上高中,现在外出打工,前几天给我打来电话,说一月的工资要三四千呢。"

当舍友问瞿磊他的这位同学是干什么工作的时候,瞿磊白了一眼舍友,继续借着酒兴说:"中国的马拉松教育体制实在太冗长了,兄弟们回想一下自己的读书历史,从四岁进幼儿园到现在有十几年了吧?现在的教育体制非要把一个天真烂漫的孩童,培养成一个老气横秋的青年不可,假如用买课本的钱买手纸,够擦半辈子屁股了。兄弟你们难道不感到可怕吗?瞧瞧你们这熊样,头埋在书堆了,往前一步是书山,退后一步是题海,浮浮沉沉,还不如到社会上去闯荡,读书的人不一定有出息!"说完,瞿磊举起一瓶啤酒一口猛灌,读书没有心思的他,看别人读书也是烦的,但是他的高谈阔论换来了舍友们的沉默。一看大家不吭声,他火冒三丈,"啪"扔掉还未喝完的半瓶酒,拂袖而去。

经上次瞿磊酒吧一闹,舍友们对他敬而远之了。和同学没有共同语言,他便和校外的混混搭上了伙儿,前几天他在学校和一位同学发生口角,还叫来混混们帮架,性质十分恶劣。学校没有办法,只好叫来了他的父亲。

被打的学生住进医院,药费花了两千钱元,瞿磊的父亲付了一半就没钱了。

"你再给一千元医疗费,这事情就算完事。"受伤学生的家长说。

"我在这里待了几天,身上没钱了。"瞿磊的父亲解释说。

"身上没有钱回去取。"

"我没有钱了。"

"你这不是耍赖吗？"对方气急败坏地骂道。

"我没有耍赖，家中确实没有钱。再说一个巴掌打不响，这次打架你娃娃也有责任。"

"你没有钱，你儿子怎么还雇人打架？"

"那是娃娃不懂事。"瞿磊的父亲为儿子辩解着。

"那咱们就让学校处理。"

瞿磊的父亲没有吭声。过了一会儿，他低声恳求道："我现在身上只有二百元钱，全给你吧。"

后来经学校调解，瞿磊父亲补交六百元的医药费。

瞿磊的父亲到城里总共带了一千多元全花完了，回家又借了六百元。在医院，他虽然为儿子辩解，其实心里非常难过，不争气的儿不但不好好学习，而且还不干正事，在学校里惹是生非，走了歪道。老人越想越生气，眼泪止不住地流了出来。

医院里的事情处理完之后，老人默默地去了车站，瞿磊跟在父亲身后，看着父亲一言不发的样子，瞿磊当时有了悔改的想法，可是没过不久，他又"旧病"复发了。学习没兴趣，整日无所事事，吊儿郎当，进网吧，逛舞厅。

瞿磊上次打架是因为一点小事情，被打的同学是室长高斌，两人同住一个宿舍。那天轮到瞿磊值日，他不搞卫生，不提水，高斌随便说了两句，他不但不听，还骂高斌多管闲事。于是，两人在宿舍里吵了起来，后来被同宿舍的同学拉开。一向气盛的瞿磊怎能忍受高斌众目睽睽下的"刁难"，加上吵架时其他人帮着高斌，他更是火冒三丈，当天他就找了几个所谓的"铁哥们"，把高斌痛打了一顿。

其实，让人容易走上"邪路"的往往都是一些小事，正值青春的高中学生更是如此，青春荷尔蒙有时会让他们意气风发，有时会让他们意气用事。

五

学生的教育离不开家长与老师的配合,由于高中阶段学生的生理和心理都处于特殊时期,除了学校教育,家庭教育也非常重要。不科学的家庭教育不仅仅让学生容易产生逆反心理,而且给学校教育带来一定的困难。作为家长,孩子考上了高中,就进入了最紧张的学习阶段,甚至比大学还要紧张,因为在我国现行条件下,高中的学习成绩也许就决定了孩子一生的道路。

王老师经常鼓励同学们写信,甚至还允许同学在读书笔记中可以写家信,这样大家可以互相传阅。在读书笔记中,王老师发现几封发人深省的信。

信一:

爸爸妈妈:你们好!

提笔写这封信,我感到心里很沉重。我承认,我们家是一个幸福的家庭,物质富裕,家人和睦,我应该是幸福的、快乐的。可是现在的我,一点都不快乐,而且觉得你们的爱让我窒息,因为,在很多的时候你们不理解自己的女儿真正想要的。我知道,在你们的眼里我一直是个不听话的孩子,经常把你们的唠叨当作"废话"。可是,你们不知道,我也很想听话,但是我更想有自己的思考,想拥有自己的空间,想用自己的方式去报答你们。

我成绩差,你们抱怨我没好好学,其实,我想告诉你们我也尽自己最大的努力去学,一点一点地进步。这些你们很少看在眼里,所以你们很失望,觉得我不够努力。每次看到成绩单,你们失望的表情,让我不寒而栗。我在想,你们的女儿,我,难道不如一张纸上的数字重要吗?我试图给你们解释,你们毫不犹豫地打断了我,训斥我给自己找借口。听了这些,我只能保持沉默。

　　你们知道吗？我最讨厌你们说的一句话是"看人家的孩子多听话，你看你的样子"，你们以为这样就可以激励我鞭策我？实际上我讨厌极了。一千个孩子可能有一千种性格，他们的智力也不一样。我不是说你们生了笨孩子，而是想告诉你们，请你们接受我和你们心中的好孩子之间的差距。我想做我自己，哪怕是笨的，成绩差的、反应慢的。

女儿：王娅

信二：

爸爸妈妈：你们好！

　　爸爸、妈妈，你们能不能认真听听我的心里话，你们说我整日无心读书，可这是潮流所致，不得不让我分心。

　　听音乐挨骂，看电视挨骂，分数考不好挨骂，真的拜托你们，别再以那该死的分数来衡量我的好坏，其实我怎不想考大学呢？谁不知道名牌大学毕业以后好找工作啊！

　　求你们不要总对我的错误发火，你们说错了话，做错了事，我也没吭声啊……我知道，天下的父母都为自己的儿女着想，请你们别在家长会后唠叨"看看别人家的孩子如何如何……"你们难道没看见我已经很努力了吗？

　　我觉得你们不理解我，没有站在我的立场上看问题。每次考试过后，即使我考得很好，你们也不表扬。相反，你们告诉我说，不要骄傲，要谦虚才行。你们严格要求我，有时我会觉得学习真的很枯燥，太乏味。你们总说学习是人生的唯一出路，不学习将来没出息，其实我并没有完全否定这句话，学习对我来说真是件头痛的事情，要我完全进入"两耳不闻窗外事，一心只读圣贤书"的状态似乎有点不太现实。最后，我想要说的是"知足常乐"，如果一味地追求考试成绩的名次，会让大家都很压抑，倒不如回过头来看看自己取得的成绩，以平常心对待每一次的得与失，成与败，在以后的学习与生活中应该活得轻松些,活出自己的生活方式。与其每天生活在喋喋不休的唠叨中,倒不如彼此心平气和地多沟通。当然我也理解你们恨铁不成钢的心理,我很努力地去按你们的规划去学习去生活,我很努力地去想成为你们眼中希望的孩子,但我更希望,我就是我,我不想去成为别人眼中的我,我想成为真正的自己。哎,理解万岁吧。

我有我的苦衷,你们能站在我的角度看看问题吗?看来,很多时候真的缺少沟通,我太新潮,你们又太守旧,大家能换位思考一下,也许会不一样。

此致
敬礼!

女儿:闫莎

王老师看到上面这两封信,感触颇多。学生成长很辛苦,学生教育很艰难。学生有学生的理由,家长有家长的苦衷。

现在的学生,嫌弃父母爱唠叨,但是作为父母也有自己的难处啊。为了孩子读书,起早摸黑,省吃俭用,十分辛苦。而成绩又是家长唯一能看出孩子是否进步的秤杆,一次考不好,可以原谅,两次、三次家长们也熬不住了。现今的教育体制,不会给一个差成绩的孩子太多的机会,那么,家长们还能处之坦然吗?于是,心急的家长忍不住抱怨、责骂、痛打孩子,这样孩子和家长之间的桥梁断了。

如果孩子考不好,请家长们一定要查找原因,反思自己,否则毁掉不只是一个孩子,还有一个幸福的家庭。

六

在学校,考试成绩是学生最关心的事情。学生行为变化最大的时候,也是每次考试后成绩公布的时候,分分分,学生的命根。据王老师观察,考试后的一两周的时间内,平时学习成绩一般的学生,表现得都比较老实,学习好的和成绩差的学生都非常关心成绩。

前一段时间，一位考试成绩较差的学生给王老师写了一封信，既表达了她内心痛苦，又给班主任的班级管理提出了意见。

王老师，您好！

有些话我想对您说。

"多为成功想办法，少为失败找借口。"这是您经常说的一句话。所以我不想为这次考试失败解释什么，也不想找考得如此之差的借口。我想，可能在您看来所谓的原因和理由只不过是借口罢了，听到这些话，老师您不必生气，因为您根本无法体会到一个遭受过分数无数次打击之后，仍然承受着巨大压力学生的思想负担。

王老师，成绩这两个字不知道刺痛过我多少次，我不知为它流过多少泪。老师您知道吗？每次您讲到成绩时，压抑、痛苦、惭愧全一涌而来，我会觉得胸闷其至于喘不过气来，我真不知道自己会不会克服精神上的压力。同宿舍的一位室友劝我想开些，我尝试着重新振作起来。自从考试以后，我上课认真听讲，每天在紧张的学习中度过。但正当我重新找回一点自信时，王老师您又提到成绩，这时我总觉得自己终究还是一个失败者，还是一名被人耻笑的差生，又开始灰心丧气，我是多么的无奈！老师请您不要经常把成绩挂在嘴边上，请您站在我们学生的立场上想一想，难道考不好我们就不觉得惭愧吗？我们本身已经有了很大的压力，我真诚地希望您能多给我一点鼓励，这将会给我更大的动力。

这次期中考试，我的成绩很差，不知道是我笨，还是不适应这次考试。看着我的成绩，我很茫然，不知道以后还能不能学好。虽然您常说，每位学生的智商天生是一样，但我不这样认为，我总是怀疑自己的智商，只要肯付出就能有回报，而我怎么感觉不到呢？一次次的艰辛付出只能让我一次次的失望，甚至是绝望，有时我真的很想大哭一场，大喊几声，喊出我心中的压抑。我有时问自己，同样的学习，同样的付出，可是为什么别人总比我考得好，难道我比别人笨吗？

王老师恳请您少提成绩，或者不提成绩。

此致

敬礼

学生：董雅

　　王老师读完这封信，心情很沉重，写信的女生平时学习踏实勤奋。可是考试成绩很不理想，心中的自卑已经影响到她的内心健康。王老师知道，不知是方法不对，还是反应比较，因为遭受分数无数次打击的她，对成绩产生了抱怨情绪。进入高中之后，老师有意无意地提到考试成绩她都会灰心丧气，对学习失去信心。这封信有对老师的不满，所提到的问题不仅是王老师还是很多老师们应该思考的问题——如何以正确的方式或者学生容易接受的方式提到成绩。

　　说到成绩问题，这是所有老师的大难题，因为学生考试成绩是学校评价教师工作的重要依据之一，主管教育部门也是将学生的成绩作为有效考核手段之一，这是目前教育体制决定的，也是目前教育发展的瓶颈。作为一名中学教师，如何将成绩给学生带来的"伤害"降低到最小呢？

　　在工作中，王老师常常能听到这样相互抱怨的话：我们教得如此辛苦，学生考得很差，真是郁闷。学生会反驳道：让我们喜欢课堂学习真的不容易。校长说：长太息以掩涕兮，念师生之多艰。这都反映了教育中存在的一些问题。教师教得很苦，学生学得很累，教育体制该何去何从，评价机制该怎样定位，等等。因此改变传统教育观念，建立公平合理的师生评价机制已经显得十分重要。对于教师来说，应该提倡"评价不是为了奖惩，而是为了教师更好的改进与发展"的理念，只有这样，才能充分调动广大教师的积极性，教师才能坚守教育信念，孜孜不倦地传道授业解惑。此外，老师还要坚持"多一把尺子，就多一批好学生"的教育理念，调动学生的学习主动性，使学生不把学习当成一种负担，彻底改变学生学习被动的教育现实，把学生培养成天真活泼、青春激昂、德才兼备的一代新人。

　　学习努力而考试成绩不好的学生有上述情况,某些学习不用功的学生,他们也很关心考试成绩,对考试成绩好的学生既羡慕又嫉妒,有一位学生抱怨说:"……上高中,把学习放在首位,我并不反对,但是不能只顾学习,我不喜欢那些只顾学习的学生,我认为他们即使以后走向社会,也没有什么价值。有时候,心情烦闷时我想找个人说说话,看到大家在学习,我又不想去打扰别人。可是心里有一种怨气,高中生活难道应该像一个无形的'监狱'?抱怨归抱怨,凡事把学习放在首位,当成'监狱'的同学都考得非常好……这不能不使我嫉妒。老师,我思想很困惑、很矛盾,有时理不清头绪。受诸多因素的影响,让我静下心来安心学习,我无法做到,看到别人认真学习,我又很羡慕,我不知道该怎么办,老班,请您为我指点迷津,我会感激不尽的……"

　　这是一位调皮的男生写的,他的情况符合中学生的心理特点。据王老师调查,由于受社会环境的影响,他们班上的很多学生认为自己读书是被父母"逼迫"的。在班里,为自己人生理想奋斗的学生屈指可数,学习的动力是朴素的、单纯的。这不能怪同学们,因为在这个比较落后的地方,相对滞后的教育观念让孩子们从小就很少有个人的"理想空间",他们学习的动机多以家庭和父母为中心,完全出于一种被感化的、报恩的心理。

　　"……我这次试失败的原因:一是太粗心,不注意看清题目只顾做题。二是不相信自己,不肯定自己,很多题是第一次做出来,可又不相信,结果一改就错。三是对课本内容没有掌握,不能灵活运用,有些课本知识确实没有懂。此外,这次考试考前太看重成绩,越看重成绩考试前越紧张,下面背熟的东西在考场上就忘了。今后,我会吸取这次考试的教训,更加努力学习,不管结果怎样,都会踏踏实实地走下去,我不会放弃,我相信上帝是公平的,它不会亏待任何人,我会更加努力。"

　　理性地对待分数,显示了学生的健康心理和健全人格,中学生的心态各种各样,给学校教育带来了很多新问题,如何培养学生正确的人生价值观、健康的心理素质和优秀的人格品质,是摆在每一位老师面前的一项重要任务。

七

由于受到学生信件的触动,王老师最近一直在思考着如何做一名合格的班主任。这天晚上睡觉后,他辗转难眠,最后索性爬起来,走进书房,打开电脑,敲了下面这些文字……

随着现代教育的发展,学生思想形态的变化,对班主任班级管理素养也提出了更高的要求。学生思想意识与综合能力的高低,与班主任管理理念有很大关系。班主任必须跟上教育发展的步伐,与时俱进,学习现代教育理论。做一名优秀的班主任要具备以下素养:

首先,要通晓心理健康知识。随着社会的发展,人们之间的竞争也越来越激烈,这种竞争体现在中学生身上,则表现为他们心理健康受到了严重影响。此外,由于现在的学生多为独生子女,从小受到家人的溺爱,他们的受挫能力、独立自主能力、自控能力都相对较弱,这给学校教育带来了一定的困难。作为学生在学校的"家长"——班主任尤其要懂得一定的心理健康知识,否则面对学生复杂心理无所适从,会给他们的人生发展带来"灭顶之灾"。高中生由于处于人生的特殊阶段,班主任的一句无心的话、一个不经意的动作或一个无意的眼神对他们的心理影响是"超乎想象"的。有人说,班主任是学生心灵幽谷的指针,这话一点都不假。作为一名合格的班主任,一方面通过系统的理论学习心理健康知识,既提高自身的心理素质,又能以身作则,学以致用;另一方面要细心了解学生的思想动态,采取有效而正确的方法引导学生走出心理误区,帮助学生树立正确的价值观念,培养学生的学习热情和健康向上的心态。

其次,教育观念要与时俱进。社会发展的多元化,导致社会对人才需求的多元化,这要求学校在培养人才观念上的更新,对于学生的教育培养因人而异,传统意义上的"成绩定终身"观念有失偏颇,全方位的人才观念应得到足够的重视,班主任教育观念的更新尤为重要,在以前的教育管理中,以"严"为准,以"分"为杆。一俊遮百丑,除了学生的成绩,对他们的特长视而不见,有的还想办法进行压制,抹杀了学生的创造潜能。作为新时期的班主任，必须大胆革除陈旧的教育观念，尊重学生的特长和人格，让学生有一种荣誉感和成就感，鼓励学生全方位发展。

第三，要有一定的人文涵养。随着人们精神追求的提高，对教师的综合素质的要求越来越高。做一名优秀的班主任，除了有扎实的业务能力，娴熟的教学技能外，还应具有深厚的文化底蕴，良好的人文修养。教师优秀的道德涵养犹如甘露，可以滋润学生的心田，对学生的身心健康有着极大的影响；班主任的学识水平、人文修养的隐形素质能给学生的人生起着指点迷津的作用。因此，作为新时代的班主任，要勤学习，多思考，以身作则，模范带头，成为一位涵盖综合能力的教育工作者，这对教师的健康成长提出了更高的要求。只有班主任的综合素质提高了，学生才能得到全面发展……

写到这里，王老师停了下来，看看窗外，夜已经很深了，他想：明天高二(7)班会发生什么呢……

八

邻班的黄明要赵帅帮忙找一个人。事情的经过是这样的，学校的每次期中、期末考试是高一、高二学生打乱编排考场，上次期中考试的时候，黄明被编到高二(7)班考场，第一场考试的时候，他所坐的桌子上贴了一张纸条，看到上面的内容，他心中有点好奇，考试结束之后，他把纸条撕了下来。后来，他越读字条内容越有意思。

纸条上的内容(称为课桌文化)如下：

哈哈，小兄弟，没想到吧，你在我们班考试，并且坐在我的位置上，桌子我已经帮你擦干净了，它不会弄脏你的衣服，我们有缘分吧，嘿嘿！

认真考试噢，我可在你的后面看着你呢，别担心，坐在我的位置上，必须认真应考。对了，我知道你是个粗心的家伙，不要紧张，以平常心对待，千万千万不要紧张，我相信你一定能考出满意的成绩,加油!

　　看到这张纸条很惊讶吧,别太高兴啊,你这家伙。看到这张纸条,不要骂我,你要心里骂我,我会有感应的哦,小心我揍你,祝你考试成功!

　　这张纸条的内容写得很特别,黄明回味着这张纸条的内容,心想,这位同学为什么写这样的纸条? 她(他)写纸条的目的是什么? 写纸条的是男生还是女生? 这几个问题一直萦绕在他头脑中。

　　年轻人就是年轻人,想象有点丰富。考完试后,黄明想了一段时间,决定去查一下这个学生。

　　可是怎样查呢? 12 号桌子上的学生不一定是写纸条的人,拿着这张纸条去邻班问,那不太好吧,如果查出写纸条的是位男生,又有什么用呢? 黄明越想越矛盾。

　　还是查一下比较好,满足一下好奇心。可是,若是一位女生呢? 黄明一直这样想。因为从这张纸条上看,字迹像一位女生写的。后来,他想到一个办法,让高二(7)班的赵帅帮忙。

　　黄明找到赵帅,他把自己的想法告诉他,赵帅问:"你查他干什么?"

　　"没什么,只觉得好奇。"黄明回答。

　　"你小子是不是把事情想歪了?"赵帅调侃道。

　　"有那么一点点,我觉得这事有点蹊跷,这张纸条为什么让我碰上了?"

　　"你的意思,对方一定是女的?"

　　"嗯。"

　　"咱们两个打赌,我想一定是男生,女生哪有心思写这东西!"

　　"我输了,请你一周的早点,咋样?"黄明故意刺激赵帅说。

　　"行,要是男生咋办?"

　　"男生也好,就算交一个朋友吧。"

　　"看你说得轻松,要真是男的,你就不找了。"

　　"你真是我肚里的蛔虫,知心莫哥们,但我相信,写纸条的一定是一位女生。"

"你咋这么肯定,你是不是知道写纸条是我们班里谁了?"赵帅问。

"知道了,我还让你帮忙?我是根据纸条上的字迹判断的,加上这些字写得很秀气,语气很温柔。"

"观察还挺仔细的,你要是把这种认真劲用到学习上就好了,不要说是考重点,清华北大都能上。"

"别损我了。"

"你说,让我怎么去找?"

"这我也不好说,你自己想办法吧。"

"那好,我拿着纸条在班里读吧,然后再问是谁写的。"

"那不行,要是写的人不肯承认怎么办?"

"老兄,你把问题想复杂了,这又不是情书,有啥不敢承认的,要是我,会立马站起来的。"

"这种方法欠妥。"黄明提醒赵帅说。

"看把你紧张的,你交给我就行了,保证完成任务,但今天下午必须请吃一顿炒肉片。"

黄明爽快地答应:"行。"

赵帅到教室之后,心里一阵好笑:黄明啊,不就是一张纸条吗?你干吗兴师动众的,未免太敏感了吧?现在本来是应该安心学习的时候,却把这鸡毛蒜皮的小事情小题大做,把精力浪费一张破纸条上,至于吗?想到这里,赵帅连连摇摇头,深深地叹了一口气。但是,他不得不帮助赵帅,因为黄明是他初中的同学。在读初中时,两人的成绩不分上下,中考的时候,黄明发挥失常,被分配到普通班。上了高中之后,黄明的学习有些退步,现在与赵帅相比,差距很远了。

赵帅想着找人的办法,在班里读纸条内容肯定不行,对写纸条的同学也不太好,他想把纸条贴在自己的课桌上,让写纸条的同学自己来发现,要真的是本班同学写的,肯定有同学提起此事,如果没有效果,再另想办法。

第二天晚饭后,赵帅来到教室,发现纸条不见了。

下了晚自习后,赵帅告诉了黄明,这次两人的意见不谋而合,纸条肯定是班里的哪位同学写的,慢慢查吧。

事隔几天后的体育课上,体育老师让同学们自由活动,赵帅到教室里取东西,他看到范丽馨坐在教室里正在写作业。

"你没上体育课?"赵帅问。

"我的作业没有做完。"范丽馨回答。

"凭你的智商,又这么刻苦,我们怎能赶上你呀。你有点太紧张了吧?也把前三名的宝座给其他人让一半次嘛!"

"看你说的,我哪有那么优秀。"范丽馨说。

"你在我心中非常非常的优秀。"赵帅逗笑着说。

范丽馨用眼睛看了一眼他问:"同桌,我有个事想问问你。"

"啥事情,问吧,能帮忙的愿意效劳。"

"别先贫嘴,前两天你贴在桌子的纸条从哪儿来的?"

赵帅一听,心中一颤,"你问这个干什么,是你写的?"

"噢,不是,我看上面的内容挺逗的。"

"那纸条是你撕的?"赵帅问。范丽馨没有回答。

赵帅心中明白了,这张纸条是范丽馨写的,怎么给黄明回话。要是给他说了,黄明追问该怎么办?要是他只想查询一下,对范丽馨可能没有多大的影响,要是黄明缠着范丽馨做异性朋友,那该怎么办?

其实,这只是一方面的原因。赵帅心里还有那么一点小小的私心,他与范丽馨是同桌,两人平时关系很好,学习上互相帮助,彼此都很仰慕对方,但不敢流露。现在赵帅心里很矛盾。

范丽馨也是如此,这张纸条的内容怎么会在赵帅手中?其实她是写着玩的,在考试前的一天晚自习,班里比较乱,大家无心学习,范丽馨在座位上很无聊,胡乱写了几句,写好之后就贴在了桌子上。她知道,赵帅没有在本班教室考试,没有特殊情况,这张纸条不会落到赵帅的手里。让范丽馨摸不透的是,赵帅为什么把纸条贴在桌子上?

两个人在猜测着对方,都有了心事。

范丽馨问:"纸条是哪儿来的?"

赵帅看着范丽馨认真的样子,只好如实回答:"是一位同学给的。"

"你的那位同学哪儿来的?"

"他从考场座位上撕下来的。"

"你为什么贴在你的课桌上呢？"范丽馨反问道。

赵帅支支吾吾不想说实话，范丽馨用眼神盯着他，希望得到他的肯定回答。

"我的一位同学让我来找写纸条的人。"赵帅说。

听到这句话，范丽馨刚才咄咄逼人的气势顿减。"你的那位同学找谁写的干什么？我是无意写着玩的。"

赵帅听着范丽馨的解释，心里忽然如释重负，他唯恐范丽馨是有意在找人寻刺激。此时，他都心花怒放了，决定不把这件事告诉黄明，怕影响范丽馨的学习。

范丽馨在意这张纸条，不是这张纸条落在了谁的手中，而是拿着纸条的赵帅此刻的反应。不知道为什么，她忽然很生气自己的愚蠢行为，但又不知道把这心中的不快喷向何处，只好气呼呼地对赵帅说："你现在把人查出来了，可以告诉你的朋友了。"

赵帅没有回答。

"快说话呀！"范丽馨提高了分贝。

"我不打算告诉我同学。"

"为什么，他不是让你找写纸条的人吗？"

"我害怕影响你的学习。"

"没关系，影响不影响我的学习，与你有什么关系？"

"和我怎么没关系，关系大了。"

"关系大了？"范丽馨反问道。

"你是我同桌，又是我的好朋友。我要对你负责。"赵帅急了。

听到赵帅的话，范丽馨的脸突然红了，她压低声音说："谁是你的好朋友！无聊。"说完急忙收拾好自己的作业本走出了教室。其实，赵帅也为自己刚才的"口不择言"感到后悔，看着慌慌张张离座的范丽馨，他觉得这个女生好傻好可爱，想着想着，他猛地拍了一下自己的脑袋，说："花痴……"

后来，赵帅搪塞了黄明，说没有找到，事情便不了了之。

九

范丽馨是城里的孩子,她不仅聪明伶俐,而且学习也很好,乖巧文静、性格又温柔的她很招班里男同学的喜欢。其实,在上初中的时候,她就被很多男孩围着转,着急的妈妈没有办法,只好将范丽馨的一头长发,理了个寸头,把她打扮成一个假小子。这样才安静一点。

尽管大人们时时担心,其实,被别人关注,是每个女孩子心里高兴的事情。范丽馨也不例外,她喜欢这种感觉,但懂事的她表现得很自重,她与班里的男同学总保持着一定的距离,她越是这样,班里的男生对她越是敬慕。

对班里男生的倾慕,范丽馨也不是无动于衷,赵帅给她的印象很不错。

赵帅吸引她的地方,是他特有的气质,从骨子里渗出的那种气质,像磁铁一样地吸引着她,让她越是抗拒越是被吸得紧。青春期的人是敏感的,范丽馨在几次抗拒失败后,终于接受了自己爱慕赵帅的现实。接受之后,反而坦然了。

初恋,像贼一样地来了。苦恼,也如同狂潮一样涌来了。

自从喜欢赵帅后,范丽馨有时特别想与他倾心长谈,谈人生,谈理想,谈苦恼,甚至想谈自己有多么欣赏他。可一向矜持的她怎敢开口啊。越是这样,范丽馨觉得心里的那只感情小野兽越狂野,她有时在课间盯着赵帅发呆,看着他的一举一动牵肠挂肚,忽喜忽悲。说心里话,她为自己的这种失态的举止感到既兴奋又羞愧,兴奋的是难以自抑的感情有时让自己莫名地快乐,羞愧的是她为自己有这样的情怀感到苦恼。这是一个女生的秘密,有秘密的女生说明她长大了。

其实,赵帅又何尝不是这样呢? 看着范丽馨有时莫名其妙地盯着自己傻看的样子,他知道她是喜欢自己的。这种发现让他窃喜了好久。为了增进两人的感情,赵帅有时会主动地,以借学习用品或者请教问题的方式去接近范丽馨,每当他请教问题的时候,范丽馨会不厌其烦地讲解,这是双方心情最愉悦的时候。有时,赵帅明明听懂

了，但他还装作一副不明其因的样子，让范丽馨再讲一遍，然后不等范丽馨讲完，他一口说出答案，惹得范丽馨开心不已。赵帅，这小子还真有一套！

高中学生的学习负担重，没有太多的时间和精力投入到情感上，只是在懵懵懂懂情感萌芽期，如果两个小芽儿一起萌出来的时候，就会产生爱的火花，但是由于他们对于爱情没有任何经验，只是受成人影响，单纯地"照猫画虎"地"表演"。因此，作为高中生，爱情这火花若是处理得当，也许能照亮他们的青春天空；若是处理不当，双方必将玩火自焚。

窈窕淑女，君子好逑。但淑女未长成，君子尚未君。中学生的情感啊，让人既羡慕又嫉妒。

不知不觉中，赵帅与范丽馨相互思恋了。

十

赵帅与范丽馨的感情在不断发展。

本学期，班里组织了一次社会实践活动，内容是考察本县宗教文化发展历史。

星期天早上，同学们带上简单的野餐，坐上包车一路欢歌笑语出发了。

文化风景区距离县城约二三十公里，有县上名胜古迹，景区自然风光优美，山峦叠翠，群峰耸峙，松枝罩顶，槐交壑谷。两山之间，细水潺潺流出，清纯如染，如醇如醴。山泉四周拥香偎翠，松树婀娜摇曳，一眼望去，真是美不胜收。

行走在景区密林间，淡淡的阳光撒向山野，使沉郁在山林间的雾气渐渐向空中飘去，给大自然增添了神秘感。那青翠欲滴的苍松翠柏，绿荫如海，一阵疾风掠过，松浪如潮。人在景区走，如同在画中行，仿佛回到大自然怀中，听着潺潺溪水流淌声和婉转啁啾的鸟鸣声，让人心旷神怡，流连忘返。

到了景区，同学们三五成群地结队去参观，各自选择自己喜欢的考察对象。赵帅听说景区内有一眼近 500 年的泉水能治百病,很多游人慕名而来,他决定去看个究竟。

赵帅向泉水景点走去,范丽馨跟随其后,两人在泉水旁不期而遇,这让赵帅感到意外。

"你对这眼泉水也感兴趣?"赵帅带着惊讶的口气问范丽馨。

"嗯……"

"看来,今天咱们的兴趣不谋而合了。"

范丽馨只顾看泉水,没有回答。

赵帅刚才说两人的兴趣不谋而合,范丽馨听了这句话有点不高兴。他哪里知道,她的兴趣是跟着他学的。这次来社会实践,她不敢靠近赵帅,怕同学们看出破绽说闲话,又不敢离他太远,害怕他在自己的视线中消失。

范丽馨去泉水景点的另一原因,是她给赵帅买了吃的,当着众多同学的面不好给,她在买的时候着想着怎么送给他。真是天有成人之美,到了景区之后,赵帅竟然一人去看泉眼,给了范丽馨一个机会。

"今天中午你的午餐准备好了吗?"

"准备好了。"赵帅把手中的纸袋摇了摇。

"能不能让我看一下?"范丽馨开玩笑地说。

赵帅一怔,他以为范丽馨真要看自己吃的,把纸袋递了过去。

范丽馨接过纸袋,顺手从自己的背包里取出一个塑料袋放了进去,说:"今天我准备吃的多,给你分一点。"说着不好意思地低下了头。赵帅没有拒绝,只是偷偷地看了一眼范丽馨,见她慌张又笨拙的样子,他的心里一股暖流像突突的泉水一样冒了出来。

"你在这儿看着,我到别的地方转转。"范丽馨找借口走开。

范丽馨走之后,赵帅打开塑料袋,里面装了两个鸡腿与两个饼子,他知道这是范丽馨专门为自己准备的,心中那只小鹿又开始乱撞了,他赶紧手抚胸口,生怕小鹿跳出来似的。女生喜欢被人关注,男生又何尝不是呢?

下午四点钟的时候,大家在景区门口集中乘车返校,在上车的时候,范丽馨和赵帅都装作若无其事的样子,此时,两人的心里都不平

静。这次社会考察,赵帅不但收获了知识,更重要的是他收到一份礼物——范丽馨的关心。两个人的心越来越近了。

心理距离的拉近,这表明两人在意着彼此,在搞卫生时,赵帅故意找借口帮范丽馨提水或者拖地,这让范丽馨感到丝丝暖意。范丽馨在生活上的关心,让赵帅心里感动,增加了他的学习信心。这就是他们的纯洁感情。

<h1 style="text-align:center">十一</h1>

有人说,没有笑声的青春缺少乐趣,没有苦恼的青春缺少诗意,没有挫折的青春缺少经验,没有奋斗的青春缺少厚重,豆蔻年华的青春让人欢乐让人忧愁。像范丽馨和赵帅这样"两情相悦"的太少了,还有的情况真是很尴尬。

梅娟与壬妙是同班同学,还是舍友,志趣相投使她们成为好朋友,学习上互相帮助,生活上互相照顾,两人形同姐妹。

一段时间之后,梅娟与张宏成了同桌,两人学习上的互相帮助,这让壬妙很是难过。原来张宏是壬妙暗恋的对象,壬妙认为梅娟与张宏走得太近了,渐渐地她对梅娟产生了妒忌心理,有时看梅娟怎么也不顺眼。感情是自私的,它不能与人分享,好朋友也不行。梅娟知道壬妙的心事,她一再试着向壬妙解释,可是壬妙根本听不进去,有时还莫名其妙地把脾气发在张宏的身上。

同一宿舍的好友因为感情问题,友情出现了裂痕。

其实,在张宏之前,梅娟的心里曾有一位白马王子,只是她没有告诉壬妙而已。女孩子就是这样,即使再好的朋友也留着秘密。梅娟不否认她对张宏心存好感,有了那么一点超越友谊的情愫,但还没有到壬妙那种刻骨铭心的地步。梅娟想尽快从这种可怕的"三角"关系中解脱出来,可壬妙一直不给她机会,这让梅娟很痛苦,现在都影响了她的学习。壬妙怎样才听进去自己的解释呢?写信,对,马上写信。梅娟铺开稿纸,这样写道:

壬妙,你好!

提起笔给你写这封信,我心中非常困惑,咱们是好朋友,应该坐在一块倾心长谈,然而因为各种误会,让我们失去谈心的机会,反而成为陌生的过客,在校园中擦肩而过。这让我感到尴尬和揪心。直说了吧,也许我不该与他是同桌,也许你想得太多,也许是我太贪心了……

我知道,像我们这个时期的女孩子对异性产生仰慕之情很正常。我和他是同桌,关系亲密,但我们之间没有你想象的那层关系。我知道,他给我讲题时,你会在附近心神不定地看着他,害怕他对我产生好感。其实,你仔细观察一下,他对每一个女孩子都是这样的,所以你大可一百个放心,不要担心他喜欢我或我喜欢他,更不要因为我和他坐同桌,就伤了你们之间的和气,好吗?

我承认,人在感情中都会变得自私,所以我能理解你对我的恨意。可是,你要知道我这个人也很重感情,特别是和你之间的友情。如果是因为他和我坐同桌而伤害了你,我宁愿不要和他坐一起。

现在我们才上高二,我们都不能为一些影响学习的事情而困扰自己。为了彼此的梦,我们只能先选择放下一些事,如果你真的喜欢,以后请你提醒提醒他,让他时时刻刻记得学习。说真的,他不错,我相信只要他付出,一定能考上理想的大学。目前,学习第一位,如果以后你们在一起,千万不要回避我或担心我伤心之类的。好啦!还有一个秘密我要告诉你:有人真心喜欢过我,在我的心中,早有一位白马王子了。我说了这个秘密,你该放心了吧,请珍惜那一份感情,更要珍惜目前的学习机会。

如果你还看得起我,我们还是朋友。

梅娟

在高中这种感情既甜蜜、令人向往,又痛苦让人不敢涉猎。青春,因为这甜蜜的痛苦而靓丽。

两位女生同时喜欢上了一位男生,同样也有两位男生喜欢同一位女生,这是学校常有的现象,后者则不像前者那样只会产生别扭,而是会引起冲突。如果双方不能克制,或者老师引导不好,轻者反目为仇,重者可能会大打出手,后果难以设想。

学校里,最最最揪心的是男生追不上女生。

高斌对班里的陈婧有了好感,陈婧与他是老乡,两人经常一块坐车回家返校,提拿东西相互照顾。渐渐地,高斌对她有了爱慕之心,而对高斌的帮助与关心,陈婧没有当成一回事。后来,她感觉到高斌的情绪、举止很反常,劝说几次后,他都默不作声。性格开朗的陈婧便给他写了一封信,希望让他消除心中的离奇想法。

高斌:

　　哈哈!脑瓜儿是否还在抛锚呢?老同学,请清醒吧,我不是吓唬你,这一次我决定与你彻底"分开",不再"交往",因为我苦口婆心地劝你,你还要"胡思乱想"。你说牵手就算是约定,可是我们并没有牵手。你的那种想法并不是爱情,就像没来得及许愿的流星,再怎么美丽也只能滑过夜空,一点痕迹都不留。我们都太年轻,容易像走错了森林的精灵那样爱幻想,你说的那种爱情太离谱,别在痴心妄想了。否则,感情的忧伤会把你埋葬。

　　如果你还是执迷不悟,那我只能让你清醒了。我要告诉你,我一点都不喜欢你。这样的结果请你不要悲伤,因为我们只是朋友,朋友之间应该坦诚,相信聪明的你会明白我的意思。

　　　　　　　　　　　　让你痛心的婧婧

收到陈婧的回信,高斌痛不欲生,心爱的女孩不喜欢自己,单相思的折磨,肢解着他的心灵。失去她我该怎么办?高斌不止一次地问自己。她是我心中的偶像,完美的天使,我人生的精神支柱……

懵懂的感情,执着的爱恋,让人心醉,又让人心碎。历经数月的失恋煎熬后,突然不知哪来的理智,让高斌如梦初醒,重新审视自己,从虚幻的感情世界里挣脱出来,不再让青春之光暗淡。过去的就让它过去吧,未来的人生还必须面对,单相思的苦恼在心中慢慢消散,他开始了新的学习生活……

十二

周鹏在班里表现比较活跃,不犯错误,但也不好好学习。他在读高一时,思想上波动不大,但上了高二之后,随着学习内容的增多,他感觉到学习很费劲,有了厌学的情绪。后来,他又与瞿磊染在一起,更没有心思学习,成绩越来越差。

学生一旦产生了厌学情绪,就放松了对自己的要求,也没有了学习的动力,把父母对自己的期望抛到了九霄云外,只顾自己的玩耍。现在他每次考试成绩都是排在班级的后面。

考试成绩的不理想,周鹏意识到明年考大学肯定没有希望,当他想起这些时,心里也会忐忑不安,与其在学校混日子,还不如回家帮助父母劳动。但是他不想上学又不敢给父母说,只好在学校里度日如年,人在课堂,心在市场,真是活受罪。

好不容易熬到了放寒假,周鹏回到家里。

家里的一切如故,父母是老实的农民,他们的艰辛付出并没有让家里很富裕,繁重的体力劳动使父母衰老了许多,父亲的双手粗糙皱裂,硬得像耙子一样;母亲的身体远不如以前,脊背佝偻,脚步不灵巧,家里的经济收入主要用来供三个孩子读书,一年下来所剩无几。

父母依旧省吃俭用,舍不得花钱。周鹏从家里人吃饭可以感觉出来。每天早上,父母吃得很简单,泡杯茶啃着干饼子。这使周鹏想起自己在学校的吃饭的情景,他每天早点一般都是四块钱,热乎乎的饼子夹上两根烧烤肠,再买一瓶矿泉水,很多早上还吃的是吃牛肉面,中午和下午的饭更好。父母干的是繁重的体力活,吃的粗茶淡饭,而自己在学校拿着父母的血汗钱乱花,他的心里很不是滋味。在学校花钱,好好学习也行,可是他是花了钱学习还那样。

上次,因为周鹏逃课,班主任只好通知家长去学校。到了学校,父亲知道周鹏的考试成绩排在班里倒数第三名时很是失望,但老实巴交的父亲对儿子更多的是包容。儿子大了,成绩不好又能怎么样呢?

寒假回来,周鹏的父母没有问考试成绩,因为他们知道周鹏在学校的学习情况,问了只会熬心。别人家的孩子放假在补课或者蹲在家里学习,周鹏天天跟着父母干活,一方面是周鹏不愿意学习,另一方面是他的父母也不强求他去学习。

寒假期间,周鹏在家里劳动没有偷懒,劳动能让懒人清醒。在劳动中,周鹏一边体会着父母的艰辛,一边对自己的行为做了深刻的反省。说心里话,他实在是没信心读书,可是又不敢向父母说明情况,思想上很矛盾。

快开学了,周鹏不作任何上学的准备,当母亲问起此事时,周鹏只好说出了自己的想法:"妈,我不想读书了。"

母亲听到此话没有什么异常反应,只是问:"为什么?"

"没有原因。"

"不念书你干啥去?"

"帮助你们干农活。"

"谁让你帮助我们干活了,你只管把你的书念就行了,家里不需要你来帮忙。"母亲忍不住了,没好气地训斥着周鹏。

"你和我爸太辛苦,太劳累,我想在家帮助你们劳动,供我弟弟上学。"

"你爸不会同意的,我们都是因为没有念书,在家下苦,现在不能让你们兄弟再吃不读书的亏,要是不读书,你就与我们一样,累死在这山沟里。"母亲知道儿子在学校的表现,但还是给他讲道理,教育他好好学习。

现实就是这样,在这巴掌大的山沟里,儿女不想读书,父母非让他们读书,这是父母的责任,也是给子女们一条生路。周鹏说不想读书,没有把不想读书的真正原因告诉父母,帮助父母劳动只是一个借口。

周鹏的人生会因为借口而改变吗?

第四章　爱打湿了翅膀

世界上许多伟大事业的成功者

都是一些资质平平的人

原因是认为自己资质平平的人

肯于吃苦

耕耘不辍

能够专心于一项事业

并想方设法不懈努力

最大限度地发挥自己的潜能

集中精力

勇于探索

敢于创新

最终实现自己的目标

——团委书记魏玉红 摘录

一

开学了,周鹏又回到了学校,可是他还是没有心思学习,这一学期更不如以前,他又与别的班里几个学困生混在了一起。

周鹏以前没有好好学习,现在各门功课听不懂跟不上了,班主任批评不接受,叫家长又不来,因为他的父母已被"传呼"习惯了,对于屡教不改的儿子他们也没办法了,只好推说农活忙脱不了身。

昨天晚上周鹏没有上晚自习,也没有请假,他又在旷课。"逃课,是一个人的狂欢。上课,是一群人的孤单。"这是周鹏的口头禅。

第二天早上,周鹏回来,班主任把他叫到办公室询问原因。

"昨天晚上你咋没上晚自习?"

"给同学过生日去了。"周鹏直言不讳地回答班主任的问话。

"为什么不请假?"

"害怕您不准假。"

"你知道不请假的后果吗?"

"那能有什么后果?"周鹏心不在焉地说。

"要是你在外面出了问题,谁负责任?"看到周鹏那漫不经心的表情,王老师声音不由得高了起来。

"我不是平安回来吗? 有啥大惊小怪的。"

周鹏说得很轻松,可他不打招呼外出,要是真出了事,王老师向谁交代? 一想到这些,王老师头皮一阵发麻。

"到哪儿给同学过生日去了?"

"凯宏宾馆。"

周鹏的回答让王老师吃了一惊:学生过生日在宾馆里过?

"听宿舍里的同学说,你昨晚没有回来,到哪儿去了?"

"哪儿都没去,住在宾馆,包了两个房间。"

周鹏说,他们在宾馆里喝酒、唱歌、玩扑克,钱是大家凑的。现在的学生,简直令人咋舌。根据周鹏的交代,这位学生过生日花掉近千元,而这位学生的父母是农民,钱挣得不容易,儿子在学校就这样挥霍了。王老师越听越生气,真是气昏了头,竟然朝周鹏的脖子上狠狠地打了两巴掌,这下可激怒了周鹏,他像头小狮子一样怒吼着说:"你不要打我,书我不念了。"

"那好,只要你不念书,我就不管你,我给你家长打电话。"王老师气得有点口不择言了。

第二天,周鹏的家长来到了学校。经过家长和其他老师耐心地做思想工作,周鹏承认了错误。可是事情完了之后,他一直与班主任闹情绪,王老师不想采取严厉的管理方法,给他一些空间。早操和晚自习,想上就上,不想上可以不上,各门功课可以暂时不做作业。过了一段时间,宿舍的同学给王老师汇报,周鹏晚上没有在宿舍睡觉。王老师以为他去网吧了,也没有多加追问。可两天之后,周鹏还没有回来,王老师顿感不妙,赶紧召集周鹏的舍友来调查。

"周鹏前两天出去,给你们没有打招呼?"

"没有,我们以为给您请假了。"

"最近一段时间,他非常散漫,无论干啥事情,没有给我请假,下去打听一下,看有没有哪位同学知道他去哪儿了。"王老师说。

班里的同学都不知道周鹏去哪儿了。在上晚自习以前,室长从他床上书本里翻出了一封信交给王老师,周鹏离家出走了,信的内容如下:

王老师:您好!

当您看到这封信的时候,我已经不在学校了,并且走得非常远,您没有必要问我出走的原因,我本人也说不清楚,现在我脑中一片空白。

前一段时间的事情,我向您道歉,给您不打招呼外出是我的错。由于我的任性,顶撞了您,请您不要生气。现在我知道我错了,但我当面又不好意思给您道歉,请您谅解。

我以前的不负责任,导致现在对学习失去了信心,我坐在教室里,比坐监狱还难受,每当看到同学们专心致志学习时,我都会恨自己,责问自己为什么不能安心学习。学校里实在是待不下去了，人虽然在教室，心却跑到了教室外面，有时还影响别人的学习，我觉得很无聊空虚。现在我决定到外面散散心，找一些事情干，闯出属于自己的一片天地，锻炼自己。

王老师，请您不要把我不在学校的情况告诉我父母，他们听后会伤心，并且还会找我，我会平安无事，我在外面待上一段时间，会回来的。

学生：周鹏

王老师把信交给政教处并说明情况，随后打电话通知给家长。周鹏外出时也给父母留下了一封信。

爸爸妈妈：

今天，我是流着眼泪给你们写这封信的，我辜负了你们对我的期望，我逃学了，我实在对不起你们，对不起你们对我多年的养育之恩。蓦然回首，我发现欠你们太多了，可渺茫的前途，脆弱的内心，让我无法面对学习，更无法面对你们。

付出就真的有回报吗？不，这是生活给我的答案。作为一名学生，我觉得成绩比什么都重要。可是我努力了，付出了，但回报给我的依然是那冰冷的失望。

记得有人说过，做人第一，学习第二，真是这样吗？我知道有些人虽然嘴上经常说，成绩不是衡量一个学生的标准。事实上，不管你人品有多好，成绩考不好，在别人看来你就是一名坏学生，没有人会理解你，肯定你。这是我的亲身体验。

说句不该说的话，也许你们不该为我选择读书这条路，我知道这句话说出来让你们很伤心，但是我没有办法，因为看到你们为我付出那么多，而我却为你们做不了什么，还伤你们的心，我痛不欲生啊！我每天承受着心灵的谴责，过着暗无天日的日子，我简直就是一个罪人。

我心里藏了太多的事，心里埋着一个很大的结，只要这个结打不开，我会永远在消沉中不能自拔，这是说不出来的一种痛苦,谁又真的了解我呢?

　　我对不起你们, 可能这辈子也偿还不了你们对我的恩情。不管以后怎样,我都会报答你们。写完这封信,我可能已经离开了学校去社会上闯荡了。

　　请爸妈放心,我不会有事的。

儿:周鹏

　　周鹏的父母看完这封信后,泪如雨下,儿子的离校出走,让父母痛心不已,可是父母又有什么办法呢?像周鹏这样的年龄不让读书,又能干些什么?孩子不读书以后有什么出路?在这个穷山僻壤的地方,父母天不怕地不怕,就怕孩子不读书。再累的活儿可以干,再大的委屈可以受,唯独孩子辍学让做父母的接受不了,简直比当着众人的面打他们耳光还难受。周鹏的父母也一样,作为地道的农民,一直以来他们都起早贪黑地干活,希望儿子能跳出农门。可是任性的周鹏想以"闯天地"来慰藉父母劳苦的心,殊不知,他用行动伤了父母的心。

　　周鹏从学校出走后,到新疆去找他打工的同学。在学校自以为是的他,终于体会到了出门的困苦。原来,在学校出走之前,周鹏给在新疆打工的同学打了电话,让他到火车站接他,但没有说明车次,只说了大概时间。而他的同学在私人工厂里上班没敢请假,周鹏到了之后,在火车站候车室苦等了两天才见到他的同学,当时他悲喜交加。真是在家千日好,出外一时难。

　　在候车室等同学的两天时间里,孤独、害怕、寂寞、悔恨,让他想起了学校、老师、父母。他想给父母打电话,但所谓的自尊让他没有勇气,明明是自己离校出走说要闯天下的,怎能半途而废? 岂不让老师与同学们笑话。

　　后来,他的同学帮他联系工作,因他没有技术,问了很多工厂都不要,没有办法,周鹏在同学租的小屋闲待了一周。

　　几经周折,同学托关系在一家建筑工地上找了个活,周鹏欣然答应,他到建筑工地之后,才体会到什么是建筑工作。每天十几个小时的工作,他根本吃不消,干了半个月就受不了,他只好辞职了。在这半个月时间里,周鹏想到了曾在外打工的父亲,终于知道父亲的钱是如何挣的,而自己拿着父亲的血汗钱在学校乱花,当时的他真的后悔极了。他决定回家,好好念书。

一个月之后,周鹏从新疆回到家里。看到消瘦的儿子,母亲失声痛哭,父亲则拿起扫把不由分说地痛打起来,这次周鹏没有还嘴,任凭父亲责打,因为他知道自己错了。看着儿子不吭声,父亲突然停下来,蹲在地上抽泣起来。

等父母出完气后,周鹏把他出走这一个月的所有事情给母亲讲了一遍,母亲听着儿子在外面受到的委屈心如刀割,父亲则默默地离开了。

周鹏在家里待了几天,在父亲的陪送下又回到了学校读书。按照学校的规定,他按自动退学处理,但是鉴于他诚实悔过,态度诚恳,学校又接受了他。

信誓旦旦的周鹏要去试试自己的能力,闯自己天地的梦想破灭了。这次回来后,他整个人彻底变了,知道用心学习了。也许,人在年轻的时候要受点挫折,因为挫折会告诉他们人生的方向,只是受挫之后,有人能认识到代价的可怕,幡然醒悟,重新振作起来;有人却从此更加堕落,不敢正视人生的错误。这,让人才有了不同的命运。

二

上一学期瞿磊因与同学打架,父亲支付了"巨额"医药费,学校给他一个处分;这一学期,他仍然不好好学习,让父母很失望。

为了加强学生思想教育,前一段时间,学校请来心理学专家和学生家长代表给学生作报告。一位同学的母亲讲她长期在外打工的情况,十几人挤在一间简易房中居住,冬天再冷、夏天再热都要按时出工干活,起早摸黑拼命挣钱,每天吃的是馒头榨菜,不敢吃好的……同学们听得泪流满面,这位妈妈的儿子则抱住他妈妈失声痛哭。可是这样的场面,瞿磊却无动于衷。大家都知道,他父亲也常年在外打工维持生计,他的学费是靠父亲和弟弟在煤窑背炭挣来的。可他为了赶时髦,走时尚路线,不顾父亲和弟弟的死活,真是让大家失望。

精神空虚的瞿磊为了寻找心灵上的寄托,很快就追到了一位他爱慕的女生。

按照瞿磊的说法,千年的苦缘,修成一段人间真恋,一根情感的红线,牵住了两颗痴狂的心。青春的激情让他们很快陷入了热恋的爱河,难舍难分。至于读书,早忘得一干二净。他每天到教室上课,真是例行公事,听与不听,懂与不懂,他都已无所谓。即使考试临近,他也照玩不误,真有一股死猪不怕开水烫的劲头了。"瞿磊同学,这是关于你的前途与命运的高中啊!又不是上大学,就是上大学读书,也不能这样混呀!"有同学这样劝他。"皇上不急太监急啥?"瞿磊回敬道。

大多数高中学生谈恋爱,总是隐隐藏藏,躲躲闪闪,不敢公开。瞿磊不这样,他认为男子汉要敢作敢当,爱得光明,恨得磊落,藏着掖着有什么意思,两个字:虚伪。因此,他不但不隐藏,而且还在全班同学面前炫耀,这让曾扬言会把学生恋爱扼杀在萌芽状态的王老师很是尴尬,瞿磊是班上的一个怪胎,更是他扼杀不了的奇葩。对此,王老师甘拜下风了。

瞿磊为了在女友面前不失体面,显示出他那"儒雅风度"和大气的胸怀,消费时他出手阔绰。这样大手大脚地花,钱到哪儿去弄呢?家里困难没钱,不要,又没有钱花,他曾为这很是苦恼,最后只好勒紧裤带,硬着头皮给家里打电话。

这一次,瞿磊没有如期拿到家中给的钱。过了几天之后,父亲才从班车上带来二百元钱和一封信,信是弟弟瞿鑫写的。

哥:

你好!前几天,你打话要钱,当时家中没有钱,实在没有办法。这次先给你带去二百元钱,爸准备给你多带些,不料家中出了点小事,妈因长期劳累有病了,前几天到乡卫生院检查了一下,医生说患的是骨质硬化,现在母亲的腿伸不直,痛得很厉害。

你要钱的事,爸一直惦记着,今年家里事情比较多,农活

爸一人忙不过来，我也在家里帮助爸爸干农活。

哥，我非常喜欢读书，可是对于咱们山里的孩子来说，经济上不允许，当我看到爸妈为咱们兄弟的读书整日劳累奔波时，我的心里不是滋味。哥，你安心读书吧，我会照顾好妈的，无论有多苦多累，爸说都会支持你读书，你不要担心家里，免得影响你的学习。

弟弟：瞿鑫

其实，这封信弟弟已经告诉他家中的困难，瞿磊应该替积劳成疾的母亲和为他而辍学的弟弟痛改前非。但他没有，只是把信草草看了一遍，压在了床下面。

学习上的退步，家庭经济的困难，让瞿磊所谓的"女朋友"看出了破绽，发现他以前的那些花言巧语是在骗她，"女朋友"当机立断，决定与他分手。

失恋，将他当头一棒，让瞿磊难以接受，痛苦的折磨让他在宿舍睡了三天，想不通时就对女友破口大骂。骂终归骂，现实的一切并不会因为他的谩骂而改变。失恋的天空是灰蒙蒙的，即便是他最感兴趣的网吧，此时也失去了吸引力。正如他所说，什么都没意思了。

星期六，瞿磊回到家里，家里冷冷清清的，在他第一眼看到父亲时，发现父亲布满血丝的眼睛又凹陷了许多，乱而长的胡须脏兮兮的，黑而瘦的脸刀刻一般，破而旧的上衣上沾满了油垢。父亲老了。

随后他到上房去看母亲，见到母亲的时候，他被眼前的情景惊呆了：母亲侧身躺在床上，枕边放着大大小小几个药瓶，双腿蜷缩，瞿磊心中感到一阵阵的战栗。

家里的不幸，对瞿磊是一次考验，这次回校后，他心事重重，悔恨自己在学校的所作所为，觉得对不起父母，心中十分懊悔。可是，自制能力差的他到校没几天后"原形毕露"了，青春的蛀虫在慢慢地吞噬着这个年轻的灵魂。

三

感情上的事情有时让人说不清楚。

瞿磊失恋以后,在班里老实了一段时间,但学习上没一点起色,浑浑噩噩地打发日子。有一天,他突然发现了一双清澈的眼睛,这双眼睛里似乎有一个神秘的湖泊,将他深深地吸引着。拥有这双眼睛的姑娘叫韩琴,和他同班。真是踏破铁鞋无觅处,得来尚还要花工夫。

瞿磊突然做事有动力了,他的动力源于韩琴的那双眼睛,有了这双眼睛,无论做什么事情他都觉得值。也是这双眼睛给他带来了无尽的苦恼。只要韩琴不在他的视线之内,瞿磊觉得天空也是灰蒙蒙的;一旦韩琴出现了,他又觉得空气也是甜的。他不知道对方是否留意自己,这次是他一厢情愿地恋着。

得不到的东西是最好的,美好的事情是在朦胧的思念中令人陶醉。

瞿磊对韩琴的爱慕让他难以心静。有时中午吃饭的时候,他也用眼神将韩琴死死地锁定。在打饭的时候,他会站在餐厅的拐角,看着韩琴打饭,然后望着她离去,自己才肯离开。要是她坐在餐厅吃饭,他会选择一个离她不近不远的位置坐下,默默注视着韩琴,他认为这是最幸福的吃饭方式。

瞿磊每天在做着这样的事情,要是偶尔见不着韩琴买饭,他会焦急不安,担心她是不是生病了。看来,再粗心的男生遇到自己的"女神"时也会侠骨柔肠起来。遇到这样的情况,瞿磊会一直在餐厅等下去,直到中午餐厅关门,才快快离开,他害怕韩琴过来买饭,错过见她的机会。

说起瞿磊的暗恋,他还干过一件让人哭笑不得的事情。一天下晚自习后,同学们先后回宿舍休息,他在教室里闲聊了一会儿。到快熄灯的时他回去,当他走出教学楼时,猛然看见一位女生与一位男生走在一起,凭直觉他觉得女生是韩琴。为了确认,他加快步伐跟了上去,离几步远时,一看果然是她,他的心都快蹦到嗓子眼上了,本想喊一声,又觉得太鲁莽,没敢喊。

　　韩琴与那位男生并排走向七号男生公寓,他默默地跟在后面。到了公寓门口,韩琴站住了,和男生说了几句,说完男生进了公寓。几分钟后,男生拿着一个包跑下来,然后递给韩琴,韩琴说了几句话,接过包回去了。

　　看着韩琴离去的身影,瞿磊心中沮丧极了。刚才还兴高采烈的他在教室里谈天说地,这会儿蔫得像霜打的茄子一样了。恋爱这玩意真会捉弄人。他躺在床上翻来覆去睡不着,对刚才看到的一切,他真是难以置信,凭他对韩琴的了解,她不会无缘无故地接受别人的东西,可自己亲眼看到她拿了那男生的东西……那位男生是谁呢? 瞿磊在不断地推测着,刚才他虽然没能看清楚,但他肯定那位男生不是本班的。既然不是本班的,韩琴怎能与他这样熟呢? 瞿磊越是想知道,越是睡不着。这天晚上他失眠了。

　　后来,有人告诉韩琴这件事,毕竟被人关注是一种幸福(爱是一种权力,别人无法剥夺)。起初她有点不好意思,后来也慢慢地关注着瞿磊。

　　星期天下午,韩琴从家里回来。在校门口下车,刚好碰上瞿磊从校门口外出。瞿磊看见韩琴旁边站着一位男生,好像是和韩琴结伴来的,他心中的失落感又油然而生。

　　"喂,瞿磊,帮我拿一下东西。"

　　听到韩琴的喊声,他懒懒地走过去。

　　"想啥呢? 喊你几声都没有听见。"韩琴问。

　　"没想什么,只顾走路了。"

　　"麻烦你帮我拿一下东西。"

　　瞿磊此时只好听从吩咐,没有答话,三人拿着东西朝宿舍楼走去。

　　"二娃,你把你的东西拿上去,我的东西让我同学帮我拿。"

　　旁边的男生说:"姐,那我走了。"

　　瞿磊抬头看一下这位男生,脑海猛然闪出一个念头:莫非前一段时间晚上给韩琴东西的是他? 嗯,背影的确很像。此时的他突然动作不自然起来,然后有点不好意思地朝韩琴笑了。此刻,那天晚自习后的误会一下烟消云散了。感情上的忧愁真是来得快去得也快呀!

瞿磊帮韩琴把东西送到宿舍,从女生楼下来。现在,他心中如一块重石落了下来,此时他不知去哪儿好,无意中走出校门,想找个地方清静一下。他选择去黄河边。

瞿磊走在黄河岸边,微微的凉风轻轻拂面,夕阳西下,大地披上了金色的纱,让人心中的杂念也沉淀了下去。在这风景如画的傍晚,瞿磊心情格外舒畅,他深深地吸了口气,就让大自然的清新去洗礼心中的积郁吧。

沐浴在晚霞中的瞿磊,已经从前一段时间的感情折磨中挣脱出来了,一个小误会,让他饱尝了感情折磨的痛苦,看来感情的圣洁是来不得半点的亵渎。

瞿磊受了一个多月的煎熬,但他没有感到后悔,使他更加坚定了对韩琴的感情。这种感情似从远方带着神圣的使命而来,它让爱的人精神振奋并愿意膜拜它,同时它赐给人爱的力量、生活的勇气和快乐的源泉。原来,真正的爱情是这般痛苦和甜蜜,这般让人晕乎乎、飘飘然和踏实,这种矛盾的且难以解释的感觉让人如痴如醉且又爱又恨,让青春稚嫩的心灵难以负荷。想到这里,瞿磊苦笑了一下,然后站起来,迎着习习凉风踏上回校的路。

瞿磊释怀了,韩琴呢?

说起谈对象,韩琴不敢涉足,因为全家人把考学的希望寄托在她的身上。自从知道瞿磊对她有意思后,她又乐又忧,乐的是有人喜欢她,这是所有青春期女孩子正常的虚荣;忧的是她竟然对一向看不惯的瞿磊也有了那种难以言说的情愫,有时如果瞿磊不关注自己,心里反而失落得要命。这种可怕的情感让她渴望又害怕,因此,她比瞿磊更难受。瞿磊可以明着喜欢,可她只能暗暗地压抑。偶尔,在和瞿磊的目光相碰时,她在那双眼睛里读到了亮晶晶的爱意,而她却不能畅怀接受,只能羞怯地躲闪。可是,对视的次数多了,她反而迷上了。对于韩琴的变化,瞿磊知道她也喜欢上了他,他把这种感觉记在心里。

四

　　瞿磊由于上次感情的失败,这次他非常珍惜与韩琴的关系。在瞿磊的关心和追求下,韩琴慢慢接受了。瞿磊变了,没有以前那种孤傲与张狂,但是他对学习仍没有兴趣。

　　期中考试快要到了,这是瞿磊最头疼的事情。因为每次考试后,父母都要问考试成绩,而自己又不能如实相告,总是,绞尽脑汁地哄着父母。这让他很难过,他再怎么坏,但对父母还是有点怜悯之心的。

　　星期六上午放学两人走在了一起。

　　"今晚上有事情吗?"瞿磊问韩琴。

　　"没有。"

　　"我心里特别烦,下午咱们出去坐一会儿。"

　　韩琴没有回答,但通过她的眼神,瞿磊知道她不会爽约。

　　"老地方见。"瞿磊说的老地方是他们经常去的宜景烧烤店。

　　下午五点多钟,瞿磊先到宜景烧烤店,找了一个最里面的包厢坐下。他知道韩琴最喜欢吃什么,就点了烧烤鲫鱼、豆腐卷、土豆片等,先让服务生去准备。

　　半小时后,韩琴来到烧烤店,找到瞿磊进了包厢,她顺手脱下上衣,挂在椅子的靠背上,拿出手机熟练地操作着。

　　"今晚有什么事吗?"韩琴问。

　　"没什么事,只是心里闷得慌。"

　　"慌什么,是不是害怕期中考试?"韩琴试探着问。

　　"嗯……"瞿磊注视着韩琴说,"又到期中考试了,烦啊。"

　　"考就考呗,烦什么?"韩琴边玩手机边说话。

　　"你说得倒轻松,各门功课都不会,考什么呀。"

　　"现在犯愁了。"

　　"这次期中考试班主任又出新招,听说要把考试成绩通过手机短信发送给家长。"

　　韩琴听了之后,有点震惊地抬起头说:"老班够损的,咋出了这个馊主意。"此时的韩琴已经没有心思玩手机,"要是老班这个馊主意得逞,那就遭殃了。"听韩琴的口气,她也很紧张。

瞿磊看到韩琴的表情,迎合着说:"现在都什么年代了,还动不动拿考试成绩来逼人,真是难以置信啊!"

"哎,不是老班把成绩看得重,而是学校要把期中考试成绩排队呢,要是考试成绩排在后面,老班脸上也挂彩呀。再说,父母的心情和老班也一样,分分分,家人的命根啊。"

"这次考试我不想参加。"瞿磊说。

"你不参加考试,老班发现了怎么办?"

"老班发现不了,考场安排全年级打乱,老班不一定监考到我所在的考场。"

"有点太冒险,假若被老班发现,那就死定了。"韩琴提醒着瞿磊。

"这比参加考试好,考试成绩不好,让父母知道就麻烦了。"瞿磊困惑地说。

"你没有期中考试成绩,老班是要过问的。"

"到时候找借口呗。"

瞿磊不想参加期中考试思考了很久,韩琴再没有劝说。两人静坐了几分钟后,瞿磊要的烧烤端上来了。瞿磊没有心情,只喝了点啤酒,两人坐了一阵,出了烧烤店。

夜幕已经降临,路灯亮起来,宽敞明亮的街道把县城装扮得十分靓丽,行走在街道的人群,悠闲舒心。假如没有心理负担,行走在这静谧的夜景中,真是一种享受。

瞿磊没有心思享受这静谧的晚景,期中考试在烦着他呢!

韩琴看瞿磊心事重重的样子,说:"我看期中考试你还是参加吧。"

"噢……"瞿磊迟缓了一下说,"我已经想好了,不参加了,我准备请病假。"

韩琴见瞿磊决心已定,劝慰说:"你这样长期下去可不行。"

"我已经没有心思学习。"

"你打算混下去吗?高中毕业以后你怎么向父母交代?"

"现在还没有想那么多。"

"再有一年要毕业,你应该认真学习,不管结果如何,只要自己努

力,以后不后悔。"

"哎……"瞿磊无话可说。

其实,韩琴的成绩也一般,但她没有到厌学这种程度。

韩琴自从跟瞿磊接触以后,学习成绩有点退步。按照常理,像瞿磊这样的学生,大部分女生都看不上,但韩琴不一样,自从她与瞿磊接触以后,她发现瞿磊其实没有大家传言中的那样坏,反而每次瞿磊诙谐的笑话总能让她开心大笑,学习和生活中的烦恼一扫而过。她喜欢这种感觉。记得有一次,周末回校后,瞿磊一见到她,竟然当着同学们的面说:"一天没见你,想死你了。"他边说还边做鬼脸,当时让她尴尬极了,但她心里却甜滋滋的。

爱情,让人有时会变成傻子。韩琴发现自己变了,自己越来越能容忍瞿磊了,以前瞿磊那些让她嗤之以鼻的缺点如今在她的心中忽然可爱起来。瞿磊迟到,她认为偶尔一次很正常;瞿磊撒谎,她认为他是善意的;瞿磊帮别人打架,她认为他为朋友两肋插刀,是讲哥们义气。总之,瞿磊所做的一切,她都能容忍。

班主任知道韩琴、瞿磊的事情之后,虽然没有公开批评,但在班会上旁敲侧击了几次,但这让两人空前"团结"起来。王老师心想,看来培根说得一点都没有错:"爱情和智慧,二者不可兼得。"他只好"分而治之",先找韩琴单独谈话。

"王老师,我与瞿磊只是一般的同学关系。"

"同学关系是对,但你们有点太亲密了。"

"您把问题复杂化,同学之间走得近一点都不行吗?"

"我没有把问题复杂化,学生的主要任务是学习,不能把心思用在其他方面。"王老师耐心地解释着。

"按照您的意思,男女同学不能走在一块了?"韩琴反问道,让班主任不知所言了。

又过了几天,韩琴、瞿磊没上晚自习,班委的同学去找,没有找到。下了晚自习以后,听宿舍的同学说,韩琴喝了很多酒回来了,王老师意识到问题的严重性,第二天一早,就通知了韩琴的家长。

韩琴的父亲接到电话后,既生气又震惊,连忙赶到学校。在和父亲、王老师交谈中,倔强的她矢口否认,气急败坏的父亲打了她两巴掌。倍觉受辱的韩琴辩解了几句,哭着跑出办公室。

王老师与韩琴的家长赶紧找人,到下午六点多钟,才在花苑公园的拐角处找到了她。当时她眼睛红肿得像大枣一样,满腔的怨气还没有消。父亲看了又气又心疼,忍不住问:"你都与男生在一块喝酒,让我们怎样理解?"

"我只有这一次,是没有小心喝多了,以前我没喝过酒。"

"一次已经说明你的思想有问题了,你还想喝八次九次呀?"

"我思想没问题,我们没有谈对象,只是有时候在一块多说几句话,你们看不惯。"

韩琴越说越生气,王老师给韩琴父亲递眼色,不让他与韩琴再争辩,以免她情绪激动又出乱子。

像韩琴这种情况,王老师遇过很多次了。高中生谈恋爱影响学习,直接批评他们,会让他们更加叛逆;不批评他们,他们会更加堕落。人的感情是捉摸不透的,它不是数学题,有答案可以解;它不是物理题,有道理可以辨;它不是化学题,有逻辑可寻。有什么办法才能解救这对坠入爱河的孩子呢?

五

韩琴在学校的表现,她的父亲没有给她母亲说,迫于经济的压力,韩琴的父亲又去出打工。韩琴两个多月没有回家,母亲很想念她,女儿在学校学习一定很累,她想给女儿做些吃的送去,可是母亲那病怏怏的身体,拖累着她走不动。

近几年,韩琴的母亲身体不好,因为繁重的体力劳动,经常生病。母亲想到学校去看望女儿,对行动不便的她来说也是奢望。她打算让儿子去县城看望女儿,因为母亲的心中总感觉不踏实。

韩琴的弟弟尕娃十一岁了,上小学五年级,弟弟年龄虽小,但在家中很懂事,常帮助母亲干些力所能及的体力活。每当母亲犯病,或者孤独的时候,他跟母亲聊上几句,母亲便获得了很大的安慰。

母亲寻找着机会。

一天,儿子尕娃放学回来,说教师开会培训,学校放假两天。母亲让儿子去城里看望女儿的想法终于能实现了。母亲把想法告诉给尕娃,当他听说要到城里去看姐姐,既高兴又害怕。因为他没有去过县城,第一次出远门,担心自己找不到姐姐。可当他看到母亲那期许的目光时,机灵的孩子明白了母亲的担忧。虽然有点害怕,为了不让母亲失望,尕娃满口答应了。

母亲也看透了儿子的心思,宽慰他说:"尕娃,你不用害怕,妈妈给班车司机叔叔说好,让他把你送到你姐姐的学校门口,到时你在校门口等你姐姐就行了。"尕娃听着母亲的话,朝母亲笑了笑。

母亲看到儿子坚定的神情,激动的泪水溢出了眼眶。

第二天早上,母亲早早起床,把饭做好,她做了些女儿最爱吃的菜,用饭盒盛好。其实,早上六点钟有一趟班车从村子通过,到达县城九点多钟,她想女儿在上课,到十二点放学的时候,饭菜都凉了,她没有让儿子坐六点钟的班车。到了八点多钟,母亲领着儿子走了三四里的山路到公路边坐车。尕娃上车后,她给司机师傅嘱托几句,师傅爽快地答应了,她才放心地回去了。

说起开车的师傅,在这大山深处,最受人们尊敬。这里距离县城远,娃娃在城里读书,一般是一学期回来一次,而家长不经常去县城。所以学生在城里读书所需用的东西,都是由班车往城里带,一般不收钱。作为家长,认为经常麻烦司机师傅,心中存有歉意,为表示谢意,逢年过节的时候,给班车司机师傅送上几斤白糖或者二斤自家做的点心,这些司机师傅们非常高兴,大山深处的人们就是这样朴实。

儿子把饭给女儿送去,母亲脸上露出了五黄六月龙口夺粮丰收后的笑容。

十一点多钟,尕娃到了县城,他看到满街的陌生面孔,心怦怦乱跳,有点害怕。班车师傅把他送到县中的门口,尕娃胆怯地走进校园,十二点钟,学校放学,尕娃仔细地寻找着姐姐,满校园的学生从校门拥出,他四处望着,他要找到姐姐,要把母亲做的饭让姐姐吃。

过了二十分钟,尕娃没有找到姐姐,站在校园内冻得直打哆嗦,他越想越害怕，要是找不到姐姐该怎么办？惊慌失措的他放声大哭起来。这时校警出来，询问情况后，把他领进警务室暖和暖和，并答应帮他找韩琴。

又过了半小时，尕娃透过警务室的窗子看见姐姐从校门外进来，他给校警叔叔打声招呼跑了出来，韩琴看到弟弟猛然间出现眼前惊呆了。

"尕娃，你怎么在这里？"

"妈妈让我来看你。"说着尕娃抽泣起来。

"妈妈呢？"

"在家呢，妈妈病得很厉害，不能来。"

韩琴听到母亲生病，又看到弟弟恐慌的表情，心中一股酸楚涌上心头。韩琴看到弟弟手里提了一个包，知道是母亲做的好吃饭菜。韩琴顺手接过弟弟手中的包，与校警打了招呼，领着弟弟去了宿舍。弟弟来学校送饭韩琴没有想到。

到了宿舍之后，在弟弟的催促下，她打开饭盒，里面的饭菜还有热气。韩琴吃了两口停下来，弟弟看到姐姐好像没胃口，问："姐姐，妈妈做的饭不好吃吗？"当她听到弟弟的问声，韩琴忙说："好吃，好吃，姐姐想晚上吃。"

韩琴今天中午已经吃过午饭，是炒肉片，是所谓的"对象"请的客。她让弟弟吃，弟弟没吃，说家里有饭，回家再吃。韩琴向弟弟询问了家里的一些情况。下午上课之前，她把弟弟送到班车上。

尕娃回来，给母亲说了姐姐的情况，母亲一副茫然若失的样子。可能是女儿学习太累了，母亲自言自语地念叨着。

可怜天下父母心啊！

六

韩琴母亲的病越来越严重了，像她的身体状况，应该在家里休息养病。可是疾病缠身的她还得下地劳动，地里的农活没人干呀。农忙时节，韩琴的母亲拖着带病的身体到地里干活，繁重琐碎的农活，让她力不从心,她干一会儿活,就坐下来喘着粗气休息一好阵子。邻居看她吃力的样子,劝她不要干了,可是个性要强的她咬牙坚持着,她不想贻误农时,怕家里的生活开支就没了着落,两个孩子的学费又得求人了。有时候,看人家一天能干完的活她自己要干四五天才能弄完,气得她直淌眼泪,恨自己太没用。可她的病情已经很严重了。

在这贫瘠的地方,农家人根本没有什么养生保健的观念。头痛发热的感冒对他们来说根本不算病,熬不住时喝一片安乃近睡一大觉就好了;就是大病来临了,他们也是能拖一天算一天,不肯轻易去医院治疗。韩琴的母亲舍不得花钱治病,但在两个孩子上学读书花销上,她从不节省,孩子上学需要多少给多少。前几年,她身体好的时候,曾在村办砖厂中打工挣钱,砖厂的活太累根本不适合女人干,但她还是硬坚持下来。超负荷的劳动让她的身体早已"千疮百孔"了,可坚强的她从不向子女倾诉,忍着病痛一步一步地挣扎着。在她眼里,只要活着,就要干着,就要让她的孩子快乐一天。

自从韩琴进城上高中后,母亲心里有了奔头,现在女儿上高中了,距离大学的门只有一步之遥了,所以,她更加拼命地干活了,苦也好累也罢,值了。

好事不出门,坏事传千里。韩琴在学校谈恋爱的事情,风一样地吹到村子里了。一天,韩琴的母亲在地里劳动,邻居大妈给她说起韩琴在城里谈对象的事情,当时韩琴的母亲不相信,大妈说是她在城里亲眼看见。

前几天,大妈去城里卖土特产,当她从车站下车时,看见韩琴正与一位男生手拉手地走着。邻居大妈有点不相信,只好试探着喊韩琴的名字,韩琴猛一回头,看见邻居大妈,惊慌失措地把手从男生手中挣脱出来,头也不回地跑开了。惊魂未定的邻居大妈断定,她看到的女孩就是那个常让邻人们交口称赞的韩琴,现在孩子咋变化这么快呢?她想不通。

韩琴的母亲听到此事后大惊失色,自幼乖巧听话的女儿,她哪来的胆量敢谈对象。但是听到邻居说得有鼻子有眼,母亲不得不信,气得手直哆嗦,气也喘不上来。邻居大妈见状,说了几句安慰的话,赶紧走开了。等邻居大妈走远后,韩琴的妈妈终于忍不住了,她瘫坐在地里失声痛哭起来。养个不听话的孩子,还不如种好一地的庄稼,庄稼懂人心,晓得回报,不懂事的孩子呢?

韩琴的母亲打电话把女儿叫了回来。母亲询问了情况,韩琴死不承认,母亲说邻居大妈在城里看见她与一位男生动作亲密,韩琴说是大妈看错人了。知女莫如母,一看韩琴的表情,她母亲就知道她在撒谎,可又能怎么办呢?打她,她能改吗?骂她,她能听进去吗?韩琴的母亲只好默默地流泪,她哀叹命运的无情,更担心女儿从此走邪路了。

哎,现在学生在学校谈对象想让家长知道的有多少呢?假如家长知道了定会大惊失色且极力阻挠,尤其女生的家长将这认为是奇耻大辱,觉得女孩子给家人、亲戚、邻居心中留下不好的印象,甚至影响孩子一生的声誉。如果在大城市里,高中男女生谈恋爱可能不会在家里引起轩然大波,但在相对落后的这里,受传统的贞洁观的影响,高中女学生谈恋爱是伤风败俗的,家长除了阻止还是阻止。

韩琴谈对象的事被母亲知道,她把事情告诉给瞿磊,瞿磊表现得很淡定,他解释说学生谈对象不只是他们两个,只要韩琴在母亲面前不承认就行了,被邻居大妈看见那纯属偶然,没必要担心。韩琴在瞿磊的劝说下,心中负担减轻了,周末两人照样外出约会,谈情说爱。

七

瞿磊在校没心思学习,晚上上网聊天,白天上课睡觉,班主任劝他,他不听,交给学校也没办法处理。因为他犯的不是大错误,上网、抽烟、不交作业等,这些问题一般都是班主任批评教育,或者交给政教处给个通报批评,这样的处理方式瞿磊已经习以为常了。

像瞿磊这样的学生,家长头痛,老师也头痛,王老师几次劝说家长领回去,再找一份其他的职业来干,比在学校耗时间花钱好。可是,无论王老师怎么劝,他的父母总是以娃娃年龄小,干不动农活为借口推辞,家长的意思是孩子不学习也行,让他在学校长着也行啊。

瞿磊学习不好,花钱还行,家里给他一个月的生活费,不到半个月就花完了。剩余的时间跟同学借钱花,这个月他没生活费,早上吃过早点以后,找到同学借钱。

"赵恒,有钱吗?"

"又没钱花了?"赵恒问。

"嗯,再借二百元钱。"

"上次借给你的钱呢?"

"花完了。"

"是没生活费,还是没钱上网了? 要是没钱上网,我是不敢再借给你,免得你以后抱怨,你上网堕落,是我给你借钱的过错。"

"你咋这么啰唆? 老同学,借给二百吧,没生活费了,下午我请你吃饭。"

赵恒与瞿磊的关系最好,是初中同学,他从衣兜里掏出二百元钱,拍了拍瞿磊的肩膀说:"饭就免了,不要拿着钱再进网吧就行了。"

瞿磊借到钱后,晚上去了网吧。

瞿磊经常在网吧里,引起社会闲杂人员的注意。一天晚上凌晨两点钟,正当他打游戏打得正 high 的时候,一位社会青年走到他面前说:"小兄弟,把你的烟给根抽。"

瞿磊抬头看了一眼,看是一个小孩子,很不情愿地给他一根。

这位社会青年没走,反而又说了一句:"外面有人找你。"瞿磊感到话不对劲,刚才傲慢的表情立马消失。没等瞿磊再反应过来,几个人把他硬拽了出去。

走出网吧之后,外面还站着几个人,他们饿了,想让瞿磊买些吃的。他们提出的要求,瞿磊没敢推辞,一一照办,瞿磊以为照他们的要求办了能放过他,可是一位社会青年边吃边问:"你是哪个学校的?"

"县中的。"

"高几的,名字叫啥?"

"高二(7)班,瞿磊。"

"这几天哥们没钱花,麻烦你给找几个钱花。"

"我是学生,没有钱。"

"因为你是学生,老子才找你。"说着几个人把他围起来搜身,从他的身上只搜出一百多元钱。

"这几个钱还不够老子塞牙缝,明天给我们送五百元钱来。"

瞿磊犹豫一下,正准备解释,几个人对他一阵乱打。

"你明天给不给送钱?"其中一位恶狠狠地说,"你要是不拿钱来,我们就去你们学校,把上网的事情告诉你班主任和你的父母。"

"你们不要去学校,明天我把钱给你们送来。"

"明天下午放学,我们在这儿等你,你要是要滑头赖账,下次我们碰上你,扒你的皮。"

事情说好之后,瞿磊又进了网吧,现在的他没有心思玩游戏,心中非常害怕。

第二天,瞿磊给家里打电话,说没有生活费,家里让班车带来三百元钱,又向别的同学借了二百元。下午放学后,他按时把钱送了过去。

以后的一段时间,瞿磊再没敢进网吧。

八

过了一段时间之后,瞿磊的网瘾又犯了,他不敢进原来的网吧,换了另一家。可是,正当他准备进门的时候,被一位年轻人堵在门口,瞿磊一看,这位年轻人正是以前在网吧见过的那位。这次没有打他,也没跟他要钱,态度反而温和许多。

"瞿磊,好长时间没见你,最近怎么不进网吧了?"

瞿磊胆怯地回话:"最近功课忙,没时间来玩。"

"学乖了。"社会青年拍了拍他的肩膀说,"今天我请你吃烧烤,你看怎么样?"瞿磊一听不对劲,可是他不敢拒绝。没等瞿磊有过多的考虑,他已经被推出门外。

到了烧烤店之后,闲聊了一会儿。说是闲聊,其实是社会青年说,瞿磊一人听,都是些胡说八道的事情,最后落到实处,他又开始要钱,瞿磊一听赶紧解释说:"我是农村的,我实在是没钱。"

"你没钱咋进网吧?"

瞿磊没话可说。

"你没钱没关系,我给你想办法。"

瞿磊唯唯诺诺地问:"什么办法?"

"只需要你和我们配合,你们学校的自行车很多,咱们借几辆用用?"

瞿磊一听,明白了他们的意思。

"那不行,学校管理很严,没办法偷。"

"你不要说得直白好不好,什么偷不偷的,只要你与我们配合,其他的事情你不用操心。"

"怎么个配合法?"

"你从班里借三套校服就行了。"

开始的时候,瞿磊有点迟疑,因为那是违法的事情,看着对方凶狠的样子,他没敢再说什么。随后一切按照社会青年的指使进行着。

一天晚上,在晚自习即将结束的时候,三个社会青年在学校自行车棚下开始他们的行动计划。正在这个时候,校警与看护人员走了过来。

"谁? 干什么的?"校警问。

"学生。"其中一位很镇定地回答。

"哪个班的?"校警盘问。

"高二(7)班。"

他们怎能逃过校警的眼光,校警前去抓住一位继续查问:"你们班主任是谁?"

刚才回答问题的那位社会青年稍微迟疑了一下说:"王铮。"

看护人员一听,他们说的是实情,但是校警还是不肯放过其中的疑点。"没下晚自习,你们三个推车干什么?"

"出去有点事情。"

"请假没有?"

"请了。"

"那请假条呢?"

校警咄咄逼人的气势,把三个社会青年震慑住了,他们被带到警务室。经过反复盘问,三位社会青年交代了事情的经过,瞿磊被供了出来。学校把三个社会青年交给公安部门处理,同时也找到瞿磊询问具体情况。后来公安机关反馈过来的信息,瞿磊只是为社会闲杂人员提供校服并且是被迫的,只对他进行批评教育,随后把他放了回来。

九

前几天,杨婷在课外阅读中,读到这样一篇报道。某大学一位大四的学生王碧,因男友身患癌症急需巨额费用,她在悦乐广场将一纸《求助信》摆在了行人的面前,自己跪在地上乞讨。上面写着:"高价征婚……如果有人愿意出一百万元来承救我男友的性命,我可以考虑嫁给他……"这是多么苦涩的爱情啊,为男友征集病款,竟然"出售"自己,真是让人佩服让人心酸啊。然而,作为一位在校的大学生,在经济上尚未独立、又无经济收入的情况下,王碧有什么办法呢? 想着这些,杨婷将自己纠结的内心触诉诸笔端。

爱情　因你而美丽

爱情　因你而美丽
爱情　为你而感动

初涉爱河的你
没顾得上体味甜蜜之恋
却显得步履蹒跚
男友的不幸
对你
如同山涧无助的小草
面对山洪的无情
显得那么脆弱无助
男友移植骨髓的巨额费用
曾让你一度退却
对于柔弱的你

好似天文数字

为给自己圣洁的感情
洗去阴霾
让那高贵的爱之光
永放爱情的光芒
你
一位冰清玉洁的少女
抛开一切青春的尊严
顶着世俗偏见
上街乞讨
爱情的力量
让你显得果断而坚强
因为
在你的感情天堂里
没有放弃这个词
虽然这份责任
本不应该由你承担
尽管你承担这份责任
显得羞涩难言

　　爱情,是人生最美好的感情,它应该是甜蜜、幸福的。然而它对王碧来说,有点太残酷,她的爱情之花因男友的灾难而过早地凋谢,年轻的生命承担了生活的苦难,让人感到惋惜和痛心。

　　学生该不该谈对象? 这是教育领域经常讨论的一个问题。学生爱情的单纯圣洁体现着人性的真善美,而学生爱情所缺乏的经济基础和社会责任又让人感慨万千、发人深省。正如汪国真所写:"不是不去爱,不是不敢爱,怕只怕,爱是一种伤害……"

十

处在青春期的中学生,最敏感的话题是感情,讨论最多的也是这方面的问题。

在上晚自习前,是教室里比较热闹的时候,同学在嬉笑打闹,王吉椿做了个鬼脸吓唬陈婧,陈婧指着他说:"瞧你长得那瓦碴样。"

王吉椿回答:"难道我长得很对不起你吗?"

陈婧说:"你怎能与我相般配。"

"太自恋了吧?漂亮也不能天天看。"王吉椿针锋相对地说。

陈婧反讥一句:"你以为你的潇洒就能当饭吃呀?"

既然是"漂亮不能天天看,潇洒不能当饭吃",两人也没什么可争论的了,可是两人还继续舌战。

"不过,像你这样的漂亮女生,还是值得追求的。"

"说出实话了吧?"陈婧得意地说。

王吉椿不好意思地低下头。

说起谈对象,陈婧还真的来了精神。

"小伙子,我给你支一招谈对象成功的秘诀,怎么样?"

"好啊,太感谢你了。"王吉椿说。

"抓住恋人不放松,立根就在感情中,不怕才貌不相配,就怕真诚被感动。"

陈婧的豪言让王吉椿来了精神,他也发表起自己的高见来。

"谈对象吗,不怕万人阻挡,就怕自己投降。客观因素不能忽视,主观能动性最重要。"

"像咱这个年纪谈对象,有时候不投降不行呀,家长、老师、社会的压力,众口铄金啊。"陈婧说。

"有了这些压力也好,要不然大家都谈对象了,谁学习啊。"听王吉椿的说话口气,他是不赞成中学生谈恋爱的。

"听说过人生奋斗的三大动力吗?"王吉椿问。

"没有听说过。"陈婧回答。

"事业上的吸引力,爱情上驱动力,歧视上的反作用力。"

陈婧听后说:"你说的人生三大动力,是走向社会以后的,爱情上的驱动力对中学生来说几乎是零,因为中学生谈对象,最终的结果是荒废学业。"

"有你说的这种情况。但也不能一概而论。"王吉椿说。

"前几天班里有的同学说,天涯何处无芳草,要找就在本班找,本班女生比较少,但是质量比较高,这种观点有点偏颇。"陈婧说。

"应该把它改为,天涯何处无芳草,要找就在大学找,大学芳草素质高,郎才女貌最重要。"王吉椿说。

"那也不一定正确,找对象是走向工作岗位之后的事情,应该说,天涯何处无芳草,要找就在单位找,单位姑娘理性好,结婚之后更牢靠。"王吉椿与陈婧还绕起了口令。

"嗯,你说得有道理。不过,依我的观点,走过路过,千万不要错过,梦过想过,千万不要放过,爱过恨过,千万不要悔过,千不过,万不过,千万不要白白过,一切顺其自然,心中有的终归有,心中无的莫强求。"王吉椿说得头头是道,正好被路过的王老师听到了。王老师想,现在学生说起对恋爱的看法早已不羞羞答答、遮遮掩掩了,记得前段时间在校门口看到这样一幕:

中午放学之后,两位女生在校门口聊天,同班的一位女同学从校外进来,看见两位女生前去打招呼:"两位美女站在这里干什么呢?"

其中一位女生笑着回答:"等帅哥呢,咋把你个'玩货'等来了。"

问话的同学回了一句:"说话不知羞?"

"都什么年代了,羞是一种负担。"另一位女同学回答。

"羞是一种负担",真是耐人寻味啊。女生如此,男生更厉害。有一次,王老师听到了两位男生更恐怖的对话,让他这位自称"宝刀不老"的硬汉也目瞪口呆。

"在学校,男生痛苦的事情是什么?"

"没有心爱的女生闯入自己的心田。"

"男生最痛苦的事情是什么?"

"看着自己心爱的女生跟别人谈恋爱。"

"那男生最最痛苦的事情是什么？"

"在开家长会时，看见未来的丈母娘站在自己面前，却只能喊阿姨。"

现在的中学生受到各种影视剧及网络语言的影响，以套用为乐，不知道他们只是说说而已，还是心为所动，将来若学以致用，真是令人担忧啊。想到这里。王老师赶紧收回思绪，继续听着陈婧和王吉椿的对话。

"王吉椿，想不想听恋爱故事？"陈婧故作神秘地问。

"想！"王吉椿又来了精神，他凑到陈婧身边，响亮地回答。

"有天晚上，夜色很美，一对穿着时尚的少男少女走在街上。'你饿了吗？'男生问。'饿了。'女生娇羞地回答。男生怜香惜玉地拂拂女生地头发问：'你想吃啥？''想吃肯德基。'女生毫不犹豫地说。'可以。'男生拉着女生爽快地回答。两人去肯德基店各买一份套餐，吃着爱情肯德基，心中充满快乐幸福。吃完以后，男生问女生：'你爸你妈喜欢吃什么？'女生回答：'喜欢吃鸡翅。''来五斤鸡翅，打包。'男生对服务员说。'那你侄子喜欢吃什么？'男生又问。女生犹豫了一下，示意不要买了。男生催道：'快说呀。''喜欢吃鸡腿。'女生有点不好意思地说。'再来二十个鸡腿，打包。'结账共计666元，男生慷慨掏钱付账。"

"真的假的？我的妈呀，666元，够我半学期的伙食费了！"王吉椿喊道。他这一喊，周围的同学都盯着他看。

"你惊什么惊！呆子！"陈婧回头望望大家，忽然她发现了窗外的老班，低声说，"老班，做梁上君子呢，快，散开。"

王吉椿一个箭步回到了自己的座位上，教室里顿时鸦雀无声。

骤然而来的安静，让愣怔的王老师也回过神来，他口里喃喃说："666元，哎，我工资的……"说着便转身离开了。

十一

赵帅与范丽馨谈对象的事情被他的姐姐发现了，两人在大街上手拉手一起走。

姐姐回家后,把此事告诉爸妈,妈妈听后有点吃惊。赵帅上学期期末考试成绩下滑,他的爸妈感觉不对劲,原来他在偷偷地谈对象,能不影响学习吗?

此时,赵帅的妈妈开始自责起来,儿子与女同学已经手拉手了,自己还蒙在鼓里,这是做妈妈的失职。

中午吃饭的时候,妈妈拐弯抹角地打听起事情的缘由。

"帅子,你最近学习怎么样?"

"还好。"赵帅边吃饭边回答妈妈的问话。

"上课能听懂吗?"

"能听懂。"

"妈没搞清楚,上学期期末考试你从全年级二十名下降到七十多名。"

"妈,你咋老抓住把柄不放呢?"赵帅把嗓门提得很高,明显是不耐烦了。

"不是妈不放,妈只想搞清楚你退步的原因,便于改进你的学习。"

"你是不是谈对象分心了?"爸爸插嘴说。

"没有。"赵帅说话的时候,口气比刚才低了很多,他毕竟是孩子,撒了谎心中不踏实。

善于察言观色的妈妈意识到赵帅一定心里有鬼,要是平常,把这小子冤枉了,他一定会暴跳如雷的。

"我明说了吧,昨天晚自习后,你是不是与一位女生在一起?"

赵帅看事情已经暴露,没敢抬头,问:"您咋知道了?"

"我看见了。"

晚上十点多妈妈不可能在街上,他有点半信半疑。以前他想到过会被家人发现这点,可看着范丽馨若无其事的样子,他踏实了。

"不就是与一位女同学走在一起吗?我们是顺路,有什么大惊小怪的。"

"顺路走在一块,没什么大惊小怪,关键是你们两个手拉手,应该不是小事了吧?"

一听这些,赵帅知道昨晚上的事情真的被妈妈发现了,但他还想为自己辩解。

"高中学生不能谈对象,否则会影响学习,你上学期期末考试成绩下降,是不是有这方面的原因?"妈妈穷追不舍地问。

"可能有点吧。"赵帅像罪犯一样等着被妈妈兴师问罪。

"把妈妈的话听进去一点,不要分心,这样下去的话非毁坏前途不可。"爸爸接过妈妈的话茬说,"不要说高中生谈对象,大学生谈对象都不现实,你看你姐姐大学毕业工作了,而大学谈的对象却放弃了。"

"爸,你咋扯到我身上呢?"女儿不满地对爸爸说。

赵帅清楚,姐姐在上大学的时候谈了一个对象,并且都领回来让爸妈"验收",当时爸妈比较满意。前年工作分配的时候,双方父母作了很大努力,可是最终没能分配到一块,前一段时间只好分手了。

这顿饭,赵帅没有吃好,因为自己犯了错误,在妈妈的质问下没心思吃了。

这件事情让赵帅头痛了一阵子,他开始反思过去。

自从上次社会考察之后,赵帅对范丽馨的特别关心心中久久难忘。起初两人在感情方面压制了一段时间,后来感情的升温成几何倍率增长,双方不但心里距离拉近了,而且行为的距离也拉近了,有时两人会心照不宣地一块走出教室,一起出操或者一起回家。

一次晚自习放学,天下起了大雨,赵帅没有拿伞。放学后,两人不约而同地走在了一起,范丽馨打着雨伞和赵帅并肩而行。第一次近距离的接触,是大雨成全了他们。如果当时被同学看见,也不会起疑心。雨越下越大,路很滑,范丽馨一不小心差点滑倒,赵帅顺手将她扶住。此时,两人的心在怦怦狂跳,赵帅感觉脑子一片空白。当他把范丽馨扶起来时,赶快松开了手,可由于动作过急,范丽馨又差点摔倒。看她被吓的样子,一股男子汉的力量油然而生,赵帅再一次把范丽馨扶住,这一次他没有松手,而是把伞从她的手中接了过来,自己一手打伞,一手拉着她的手,小心翼翼地往前走。

要是两人只是一般的同学关系,像刚才的这种帮助也没什么惊奇的。可他们彼此倾慕,这雨中一牵,牵出了坚定和依恋。当时,赵帅下意识地提醒了一下自己,他以为是在做梦,当他用手拉紧范丽馨的手时,才感觉到是现实。而紧张的范丽馨也意识到这一点,拉着赵帅的手,温暖而又安全,初恋的甜蜜让她感觉雨瞬间也温柔可爱起来了。

那天晚上以后,两人的感情更亲密,并且胆量越来越大,赵帅和范丽馨在学校有时走得很近,同学们知道这件事情,唯独王老师和家长蒙在鼓里一无所知。上学期的考试,范丽馨的成绩没有多大变化,保持在全年级一百名左右,而赵帅的成绩却倒退了。赵帅的退步,引起家长和王老师的注意,经过双方沟通,都认为是考试题型不适应赵帅。

期末考试成绩的下滑,赵帅最清楚,当妈妈问他为什么退步时,他没敢说出与范丽馨谈对象的事情。

上次考试不好,赵帅有点顾虑,他担心这样下去会影响今后的学习成绩,没办法给爸妈解释。自从他和范丽馨接触以来,上课明显精力分散,他的物理、化学平时学得很好,但在上次考试中成绩一般。在以前,这两门功课都是班里的第一名,没人能考过他的。他最担心的是,物理课上的有些内容,他已经似懂非懂了。

王老师在开班会说谈对象影响学习,赵帅不相信,现在亲身体验了,方知谈对象的可怕。他想把事情与范丽馨说清楚,但没有勇气,一想起两人在一起的快乐时光,他踌躇了。

既然不想分手,那以后少来往,尽量克制住自己,赵帅这样安慰自己。可每当范丽馨满面春光地站在他面前时,他会忘掉一切,沉浸在相处的快乐之中。随后,赵帅与范丽馨接触一次,他就后悔一次,恨自己的控制力太差,下了很多次决心,可是那种感觉像毒瘾一样吞噬着他,他无法抗拒。有时,赵帅也为自己开脱,如果说谈对象影响学习,那范丽馨为什么考试成绩还进步几个名次?上次考试失败的主要原因,不是因为自己谈对象,而是在考试的时候粗心大意。一提起范丽馨的进步,赵帅负罪感减轻了不少,否则他的肠子都悔青了。

自从赵帅谈对象的事情被妈妈发现之后,他的情绪比较低落,性格开朗的他在教室里也沉默寡言了起来,平时只顾学习。这一切范丽馨看在眼里,她想赵帅可能有什么心事。

有一天晚自习放学后,赵帅与范丽馨没有一块回家。以前下晚自习赵帅在校门口等她,可那天范丽馨左等右等不见人,心里很是不安。

随后一周,都是如此。原来,每天下晚自习后,赵帅到校门口看见范丽馨,会从另一个方向走开,他是故意躲范丽馨。事隔一段时间之后,范丽馨看到赵帅的情绪有些好转,但在班里不说话,她在心中对他怜惜起来,可她不想打扰他平静的学习生活。

赵帅感觉躲着范丽馨不是办法,他想找机会解释清楚。一天,赵帅主动跟她打招呼,范丽馨先开口问:"你最近怎么了,情绪这么低落?"

"没什么。"

"是不是遇到不顺心的事了?"范丽馨关心地问。

"咱们两个在一起的事被我妈知道了。"赵帅说

听到这个消息,范丽馨心中一怔,问:"你妈怎么知道的?"

"我也不太清楚。"

"你妈说什么了?"

"把我骂了一顿,说不要咱们两个再来往,否则会毁坏双方的前途。"

"那你对这件事怎么个看法?"

"我看……咱们两个暂时不要来往吧。"

范丽馨听到赵帅这句话,失望极了,这不是她想要的答案,她用眼睛狠狠地剜了一眼赵帅,伤心地走开了。

范丽馨回到教室,心里憋了一肚子气,有一种被赵帅戏弄的感觉,在心里暗暗骂道:赵帅啊赵帅,你太没有出息了,爱都不敢爱,这样的人分手也罢!

被赵帅"抛弃"后,一种羞耻感像一个破锣一样整天在范丽馨耳边疯响,震得她几近崩溃,但坚强的她没有被失恋打败,反而更加斗志昂扬。人生能几回搏?年轻的她还有很多更有意义的事情去做。一天,当她坐在教室里蓦然抬头时,窗外的阳光暖暖的。她想,原来什么都没有改变,变得只是自己的心境,爱了,痛了,也醒了,一切都还好。

十二

瞿磊在感情上越陷越深。

　　快放暑假了，瞿磊心里乱糟糟的，不知道是什么原因，没放假的时候，盼着放假，现在放假了，又害怕起来。

　　他害怕是有原因的：放假之后见不着韩琴。两周之前，两人因为一件事情闹了情绪，一直冷战着。所谓的年轻人的自尊心，让两人都不肯向对方认错。这件事情让韩琴对瞿磊特别不满，她认为瞿磊也太没有男子汉的胸怀了。

　　其实，瞿磊的心里一直惦念着韩琴，只是碍于面子，不好意思向韩琴开口。三周前两人本打算星期六去爬山，瞿磊因为有事情，没能如约到达，让韩琴等了一个多小时，两人见面，韩琴大发脾气，瞿磊解释，韩琴不听，两人不欢而散。

　　自从与韩琴分开以后，瞿磊仍是放心不下，有好几次他都鼓足勇气试探着给韩琴认错，但总被她冰冷的眼神给秒杀了。越是这样，瞿磊越寝食难安。

　　今天是期末考试的最后一天，早上吃过早点，瞿磊在校园里转悠，看能不能碰到韩琴，转悠了一圈，没有发现她，瞿磊的心里空荡荡的。

　　考试钟声响起，瞿磊垂头丧气地走进考场。考试中，他的脑海里时时跃出韩琴的身影。按照学校考试规定，考生在离考试结束前半小时才能交卷离开考场。两个小时，其他学生都在争分夺秒地答写，可对瞿磊来说，简直是度秒如年的凌迟酷刑。刚过十几分钟后，瞿磊就开始坐立不安，监考老师误认为他想作弊，特别提醒了他两次。当监考老师宣布离考试结束还有 30 分钟的时候，瞿磊起身交卷快步走出了考场。

　　瞿磊走出考场，在校园里寻找着韩琴，可找了十几分钟，不见她的人影。难道她已交卷回家？瞿磊心里犯着嘀咕。但他没有灰心，继续在校园里转悠，唯恐错过机会。考试快要结束了，要是在考试结束之前找不到韩琴，这学期都见不到她了。

　　考试结束的钟声响起，瞿磊没有发现韩琴，一股莫名的勇气，促使他飞奔到女生宿舍楼下，那是韩琴的必经之地。

　　等人是最难耐也是最熬心的，现在瞿磊心里像有十五个水桶七上八下的。正当他愁眉不展的时候，突然发现韩琴朝宿舍楼走来，他终于松了一口气。看着韩琴低头走进宿舍楼，瞿磊的心怦怦乱跳，自己没有心思考试,提前交卷,就是为了多看她一眼,这一眼足够了。

校园里乱糟糟的,学生们正忙着收拾行礼回家。

瞿磊回到家里,变得不爱说话了。除了劳动之外,他钻到自己的房子里不出来。父母认为儿子长大了,在房子里学习呢。其实,瞿磊在房子里犯相思病,他想起第一次对韩琴的误解,想起两人在一起谈心的愉快,想起韩琴的那双眼睛……都是那么那么地让他难以忘怀。

离别的日子真是难熬啊。这一点,瞿磊在这个假期感觉到了,心里的急躁和不安难以形容。上一学期放假,因为心中没有牵挂,四十天一晃而过。可是这个假期的四十天转瞬就是死活即逝不了,瞿磊从来没有如此渴望过上学。

初恋,让瞿磊忽然变得多愁善感起来,一向"笑傲江湖"的他,如今也多情起来,竟然在房子里轻轻地吟起席慕蓉的诗来:"不愿问你来自哪片荒原 \ 不愿承认相思早将梦魂牵 \ 一方碧草一角蓝天 \ 任风儿挽着落红在脚旁散步……"

第五章　不能与你比翼

人的一生获得特殊机会可能性还不到百分之一
所谓的伟人
只是把世人眼里普通条件变成一种有利的机会
从而成就斐然

每一个人的潜能是均等的
每个人的体内都包含了
坚韧的品格
远大的理想
这些让每个人有成就自己的可能。

幸运之神会光顾世界上每一个人
如果她发现这个人并没有准备好要迎接她时
她会从大门进来
然后从窗子里飞出去

——文体委员 赵善波 摘录

一

　　杨婷从图书馆出来,她的心里难以平静,刚才在图书馆翻阅报刊时,看到县委宣传部主编发行的《绿苑》杂志,在"人物春秋"栏目中看到一则关于本籍师范大学教授吕智斌的成长故事。

　　吕智斌出生在一个偏远山村,1979年初中毕业考入师范学校,1982年师范毕业后被分配到乡初中任教,不满足现状的他,边工作边学习。四年后,他考入了师范大学中文系读本科,本科毕业之后又考上该校的研究生,研究生毕业后留校任教。

　　不平凡的人生经历及卓越的成就,让杨婷对吕智斌既敬佩又羡慕,工作之后再考大学,这是她以前没有听说过的。按照常理,毕业工作了,有了稳定的收入,一般都奋斗仕途了。可是吕智斌教授却选择了放弃工作,去追求自己的人生理想,这种超人的胆识和气魄令人敬佩。

　　吕智斌在留校任教期间,又被学校派到英国攻读博士。在英国的三年时间里,是他最紧张的三年,他没有辜负学校的重托,全身心地投入到学习和研究中。博士毕业时,英国好几家跨国公司邀请他到本公司工作,都被他婉言谢绝了。回国之后,他在学校读了两年半的博士后,出站后得到了学校的重任,破格晋升为教授并担任教育学院的副院长,博士生导师。

　　吕老师回忆上学时的情景,让杨婷感动得热泪盈眶,山区的孩子读书太苦了,他是踩着荆棘丛生的人生道路走向辉煌。

　　艰苦的自然条件,家庭的贫寒,让他在上初中的时候几度辍学。从家到学校往返二十多公里的山路,每天上学披星戴月,翻山越岭,要是下雨下雪时,父母不放心,经常陪他去学校。在他的印象中,父亲冬天的主要任务是送他去学校读书。一次下雪,山路太滑,父亲害怕他有闪失,走在他的后面用手推着他的后背,在一个陡坡处,父亲一脚踩滑,滚下了近十米的山坡,脸上被野草刮出几道血痕。他让父亲回去包扎,父亲不肯,把他送到学校才能放心。后来,听母亲说那天父亲回来时已是下午一点多钟,原来父亲的脚给崴了。听到这些,吕智斌泪流满面。

　　吕智斌清楚地记得，父母为给孩子创造一个良好的家庭学习环境，决定重建两间西房。在那食不果腹的艰难岁月，哪里有钱盖房子，但父母硬是盖了起来，他们起早贪黑打土坯，一个土坯重二三十斤，母亲每天要搬近两百个。这样持续近两个月的时间，等到三间房子盖起时，父母累得连腰都直不起来。但当他们看到孩子们有了一个清静的学习环境时，还是幸福地笑了。吕智斌教授后来的成功，绝对离不开父母这种吃苦精神的感染和激励。

　　苦难的童年，孕育了他坚强的性格，吕智斌教授最喜欢的一句名言是：勇于开拓创新的人，困难都会给他让步。就是说，学习必须脚踏实地，必须有持之以恒的精神，才能获得事业上的成功。在这贫困山区，要想走出大山，必须好好读书，只有好好读书才能无愧于父母，才能报答父母的养育之恩。艰苦的生活环境，磨炼了他的意志，使他更加发奋读书，也使他更坚定地走自己的路。

　　作为高校教育的领军人物，吕智斌的科研成果得到同行的认可，他先后发表近两百篇的教研论文，整理被中国人民大学学报转载的近五十篇，有四本教育专著被指定为本科生或研究生教学用书。

　　读完这篇报道，杨婷发出了这样的感叹：吕智斌教授的成长阅历，是一部励志书与成才学。

二

　　现在的学生够辛苦的，范丽馨星期六、星期日的时间，爸妈给她安排了满满的补课。

　　在素质教育的今天，评价学生的标准已经不再是单一成绩，但是以考试定终身的指挥棒作用下，其他的只能是免谈。学生班级排名，班级在学校要排名，学校在教育部门组织的评比要排名，这是一个不争的事实。这也加重学生在校的竞争，学校、老师、家长甚至学生本人都过度的看重分数。难怪有人说：分数是父母脸上的晴雨表。有些高中生的家长为了让孩子提高成绩，真是不惜血本，给孩子报各种辅导班。今天让孩子补习化学，明天让孩子加强英语，过两天又让孩子恶补物理。

孩子们平时忙双休日也忙,除了要完成学校布置的家庭作业外,还要忙着"上班",真是不堪重负。

范丽馨学习比较好,爸妈对此很高兴。关于双休日补课问题爸妈与她商量过,她当时既不反对也不赞成。按照她的话说,只要爸妈有经济能力,她补课没有怨言,如果爸妈不强求她补课,她也不要求。

范丽馨虽然不爱去补课,可是只要爸妈把名给她报上,无论刮风下雨她从不缺课,课补得相当认真。去年冬天下大雪没办法骑自行车,她步行了一个月的时间。这样乖巧的孩子,爸妈怎能不感到欣慰呢?

星期天,女儿补课回来,与爸妈谈起学习的事情。

"现在补课的数学老师讲得非常好,思路清晰,分析透彻,语言很有感染力。"

"这说明妈妈没把好事情变成坏事情啊。"妈妈开玩笑地说。

"我们期中考试的重点,这位老师都讲过。"

说起这次期中考试,范丽馨考了全年级第十名,数学考了满分150分,补课还是有效果的,这是爸妈经常感叹的一句话。

"这次考试之后,我的心理压力更大了。"

"大什么? 你的考试成绩那么优秀。"爸爸插嘴说。

"我担心这个成绩保持不住,下次考试倒退了怎么办?"

"考试发挥也是一种能力,我们相信自己的女儿。"妈妈鼓励说。

"只要肯努力,成绩不会滑下来的。"爸爸给女儿打气说。

"通过这次考试,我发现自己有很多不足的地方,各门功课好像都有搞不明白的地方,以前没有养成课前预习和课后复习的习惯,基础知识不够牢固。"

"知道了自己的不足是一种进步。"妈妈说。

"课前没有预习,上课听起来很费劲,上课前二十分钟注意力还能集中,可是到了后面二十分钟,注意力就没有那么集中了,有时还想打瞌睡。"女儿一个人唠叨着。

"这是学生的共性,自控能力弱,好动,但不是什么大的问题。"爸爸劝说着女儿,"看样子,咱女儿长大了,以前啥时候在爸妈面前说过这么多话,还学会了自己数落自己了。"爸爸哈哈大笑起来。

在爸妈的鼓励下,范丽馨一吐为快。

"在数学课上,我自己认为基础好,只要稍微一听就 OK 了,但是我的这种想法不太正确,老师讲的题我感觉能听懂,可是下面复习做题不一定能做对。"

"那语文呢?"

"语文不好意思说,从小学到现在天天都在学语文,但是这次考试成绩不理想,语文考不好的原因,是我懒,该背的没有背。"

"英语虽然考的可以,但也有不足之处,我们英语老师每节课上完说所讲内容都是重点,复习的时候,我没有主见,老是感觉到心有余而力不足。"

……

姑娘大了,懂事了。

"噢,馨馨,你们班主任最近怎么样?"

"好着呢。"

"你不是说他不给你们带班了吗?"

"那是他的气话,过两天就好了。哎,我们班的调皮学生多,有时气得我们老班哭笑不得。"

说起班主任,范丽馨蛮同情他的。老班的课上得很好,就是管班有些面情软。对于调皮的学生,他只会讲道理批评,不会采取些强硬的措施,有时班里的调皮学生会把他气得直叹气。

"不过,我们老班也有自己的管理方法,就是只要学生在学校犯错误,他会把详细情况告诉家长,说实话,同学们对他的这一点印象不太好,而且十分害怕,同学们称他为'爱给家长打小报告的班主任',他这一招真的震慑住了不少学生,自称为是管理班级的'杀手锏'。"

女儿一口气讲这么多,爸妈没办法插嘴。

"那你班离校出走的那名学生回来了没?"

"回来了,在外面待了一个多月,听说混不下去了,就回来了。"

"现在怎么样?"妈妈问。

"变老实多了,和以前判若两人,学习认真,上课不睡觉,自习课上也不捣乱了。"

"老师与家长的心情是一样的,希望你们以后能成才,有碗饭吃,而你们学生,总认为爸妈唠叨、老师批评是跟自己过不去,产生逆反心理。现在他知道外面苦了,早知道他变化这么快,应该早点让他到外面去闯荡一下。"妈妈说话的口气有点对那位学生不满。

"妈妈的意思是应该让这位同学早点离校出走? 这有点不近人情吧! 幸亏他回来了,他要是在外面不回来学坏了那该怎么办? "范丽馨反问妈妈。

"我不是那个意思,我是说这名学生吸取的教训,不到黄河不死心啊,这就是现在的年轻人,够让老师与爸妈费心的。"

三

这一学期,宋艳萍心中很苦恼,不知道为什么,脑中老是浮现出一位男生的身影,心静不下来。这件事情在假期她与妈妈做过交流,妈妈坚决反对。

思想上的烦乱,影响到她的学习,上课不能专心听讲,下课也不能集中精力复习,有时晚自习胡思乱想,近一段时间有失眠现象,搞得自己心神不宁。

难道这就是青春期可怕的荷尔蒙失调了?

感情上的压抑让人难耐,此时她想到学校的心灵驿站——心理咨询室,听说是专门解决学生心理问题。

学校心理咨询室,虽称心灵驿站,但是学生对它不感兴趣,因为它被称为"学生精神病医院"。凡是到心灵驿站的学生,被认为是心理不健康的学生,平时学生很少谈到这个地方,如果有学生想去咨询,也不敢让别的同学知道。

学校的心理咨询室设在教学楼五楼,宋艳萍决定上去探听一下,她在上楼的时候,心跳加快。当她往五楼走的时候,做贼一般,担心被其他同学看见。

到了五楼,她看见一位女生笑容满面地从心灵驿站里出来,宋艳萍的紧张感顿时减轻了许多,她决定鼓足勇气去咨询一下。可是刚走到门口,她又犹豫了,慌慌张张地转身下楼了。

经过一周激烈的思想斗争,一天下午课外活动时间,她走进了心灵驿站。

咨询老师听到外面有人敲门,顺手把门拉开,这倒把宋艳萍吓了一跳,不过宋艳萍还是硬着头皮进去了。心灵驿站装饰得很别致,粉红色的窗帘,休闲舒适的沙发,给人一种温馨感觉,墙上贴满了五颜六色的卡通人物,可爱的卡通人物表情各异,有的看起来还很搞笑,这让宋艳萍紧张的心情放松了不少。

咨询老师一看宋艳萍的情绪慢慢平静了,柔声说道:"小同学,请坐。"

咨询老师一句话,让宋艳萍收回打量了眼神。"嗯,谢谢!"

"你看,学校的心灵驿站装饰得怎么样?"

"我很喜欢。"

"你家在农村还是城里?"

"在农村。"

"家中排行老几?"

"老大。"

"老大好,既能受到爷爷奶奶的恩宠,又能在家管住弟弟妹妹。"

咨询老师的一句话,逗得宋艳萍笑了,她不好意思地低下了头。

"今天,你来这里有需要老师帮忙吗?"看样子,咨询老师要言归正传了。

听到咨询老师的问话,宋艳萍又紧张起来,竟然结结巴巴地说:"没有……这一节……是课外活动,我上来转一转。"

咨询老师听到宋艳萍闪烁其词的回答,知道她有事。第一次来这里的学生都这样。

"没有就好。"咨询老师没有再追问。

就在此时,下课铃声响了,宋艳萍起身说:"老师,再见。"

"欢迎你的光临。"

宋艳萍一路小跑下了楼。她回来之后,先是庆幸自己没有把心里话告诉给咨询老师,可一会儿又后悔起来,要是刚才说了,老师给点指导意见，那该多好啊，心中的苦闷消除了，省得以后再去咨询室。

宋艳萍第一次没敢说，她担心说了事情被暴露。其实，她的担心是多余的，咨询老师会替每一位学生保密，这是他们的工作纪律。

宋艳萍决定再去心灵驿站咨询一下。

四

一天课外活动时间，她走进了心灵驿站。

"欢迎你的光临，请坐。"本次值班的还是上一次的咨询老师。

宋艳萍不好意思地问了一句："老师好。"

这次她没有前一次紧张，给咨询老师一个微笑的表情，坐下了。

"老师，我有件事情想咨询一下。"宋艳萍没等老师开口，先说明来意。

"谢谢你对老师的信任，请问你有什么事情？"

"我很不好意思说……"

"放松些，没有什么大不了的事情。"

"最近我心里特别乱。"

"噢，乱什么？"宋艳萍一开口，咨询老师知道是什么事情，她是故意引导宋艳萍说，看她有没有胆量说出来。

"因为我们班里的一位男生。"她低下了头，脸一阵绯红。

"嗯。"咨询老师点点头，用诚恳的眼神鼓励宋艳萍说下去。

"那位男生在我心里的印象很深，有时为了他我心神不宁。"

"那你为什么对他有那么深的印象？"

"我说不清楚。"

"现在那位男生知道吗？"

"可能知道，有时，我们在校园里碰见会感到有点别扭。"

"你恨过他吗？"

"有时候心烦意乱，或者是无心学习时，心中有点怪他，责怪他为什么闯进了我的生活，影响我不能安心学习，可是这种恨不是那种刻骨铭心的恨，过一会儿就没有了，对他的好感依然困扰着我。"

"你跟他单独接触过吗？"

"没有，有时心里非常想。"

"冒昧地问一句，你喜欢他的哪些方面？"

"说不清楚。"宋艳萍脱口而出。

"如学习、相貌、人品等。"咨询老师提示说。

"好像都有。"

咨询老师明白了，这是中学生普遍的心理现象，是青春期感情萌动的表现。只是出于对异性的好奇，以得到心理上的满足和安慰。

"老师，我是不是早恋了？"宋艳萍说这句的时候，心中有些紧张。

"是不是早恋，你得如实回答我的问题。"

"那您问吧。"

"你是不是想着与他结婚？"

听到结婚两个字，宋艳萍的脸一下子红了，嘴里喃喃地说："从没有考虑过。"

听到宋艳萍的回答，咨询老师说："看来，你仅仅是对他有好感，这种情感在你们同龄人当中太普遍了。德国伟大诗人歌德曾经说过：'英俊少年哪个不善钟情，妙龄少女谁个不善怀春。'喜欢心目中特定的异性是你这个年龄阶段的人都会发生的事，老师像你这么大的时候也有过。但这种喜欢只能保持在友谊的层面，不能称为'恋爱'。因为恋爱需要双方来回应，需要双方付出代价，尤其是现实的恋爱需要很多物质基础，你现在是学生一没有物质基础，二没有时间去付出。再说了，你家在农村，父母肯定也很辛苦，老师相信你不会为了所谓的好感而乱了学习的步伐。所以，现在你要做的是，静静地想想自己为了一份毫无结果的好感浪费时间后的恶果：耗费心力、荒废学习、考不上大学、愧对家人，等等。你说这可怕吗？"

听到这里，宋艳萍吓出了一身冷汗，虽然她觉得很苦恼，但从没想过这么可怕的结果。咨询老师真是一语惊人啊，她不由得频频点头。

"小同学，不要害怕，也不要苦恼，现在重新审视自己，然后振作起来，还有很多事情等你做呢。"咨询老师补充道。

此时外面有人敲门，宋艳萍歉意地站起来，向老师深深举了一躬，说声"谢谢老师",准备回去。

"不客气,有时间常来坐坐。"咨询老师微笑示意,宋艳萍从心灵驿站里走了出来。

走出心灵驿站来到操场,宋艳萍的心情犹如那清晨睡醒的苍鹰迎着晨曦飞上天空,心中的重负顿时消失殆尽了,步伐也轻盈起来了。

"还有很多事情要等着你做呢,宋艳萍——"宋艳萍禁不住心中的喜悦大喊了出来,周围的同学被她吓了一跳,宋艳萍也被自己的举止吓到了,等反应过来,她一溜烟似的向教室冲去……

五

经过上一次的心理咨询,宋艳萍的心理负担减轻了不少。可是感情这东西不是说放就能放下的,她时时刻刻克制自己,但效果不明显,她又去找咨询老师探讨具体情况。

"老师,您好!我又来了。"

"请坐。"

"以前我已经来过。"

"我认识你,宋艳萍,听说你在班里学习挺优秀的。"

"上次与您谈过之后,我感觉好多了,知道中学生谈对象很不好。可是,当我回去之后,虽然认识到错误,思想有时还是收不回来,您能给我指点一下吗?"

"当然可以。首先,你要用理智来战胜这种不成熟的感情。最终你要明白这种情感的危害。当然,最直接的危害就是严重影响你的学习。你要为他分散许多精力,乐其所乐,忧其所忧,很难集中精力去抓学习,甚至上课注意力难以集中,最终成绩下滑,从而使人生前途渺茫,最后只能是鸡飞蛋打一场空。此外,老师说过你对他只是好感,好感与成人的恋爱不同,缺乏对经济基础、个人的能力以及未来的种种考虑,这种情感往往会在你未来的家庭生活中成为一个阴暗的角落,或成为今后与人相处的笑柄,严重的还会使你过早地名声扫地。不知道,你听说过没有,你们上一级有一个成绩很好的女同学,在高考复习时早恋,并和男朋友同居,后来被父母接回,至今不管是老师还是认识的同学谈起都很惋惜。你不会这样吧?"

宋艳萍连连摇头。

"第二,要多为他人考虑。早恋的危害不言而喻。当我们把友情变为爱情的时候,我们已经危害了自己,当我们将这个想法向对方提出时,我们就会给对方造成不良影响。对方不答应,他得考虑如何拒绝才能使我们死心,而又不伤害我们的自尊。如果对方同意,那无疑是将他拖向了黑暗的深渊。"

听到这里,宋艳萍真是佩服老师的一针见血,这也是她最担心的。

"第三,要正确处理谈对象和男女生之间正常的交往,关注异性是正常的心理现象,异性交往是人们生活中不可缺少的重要组成部分。"

"老师,男女双方之间的正常交往应注意哪些呢?"宋艳萍开门见山地问。

"男女中学之间的交往应注意的原则,首先是自然交往,在与异性交往的过程中,言语、表情、行为举止、情感流露及所思所想都要做到自然、顺畅,不能过分夸张,也不能闪烁其词;既不盲目冲动,也不矫揉造作。其次是适度交往,异性交往的程度和方式要恰到好处,应为多数人所接受,既不为异性交往过早地萌动情爱,又不因为回避或拒绝异性交往造成心灵的伤害。当然要做到为大多数人所接受时也不容易,只要做到自然适度,心中无愧,也不必有过多顾虑。最后是留有余地,异性交往中所言所行要留有余地,不能毫无顾忌,交往中彼此接触要有分寸,特别是与异性的长期交往,要注意把握好双方关系的程度。"

宋艳萍听着咨询老师的讲解,心想:原来和男同学交往要这么做。不由得对老师肃然起敬,接着她问:"老师,假如忍不住还会想他,怎么办?"

"反问你自己。"咨询老师斩钉截铁地回答,"每当你克制不住的时候,你就要这样问自己:我有什么资格,有什么能力去承担这份爱。我这样做能对得起谁?人生需要精心设计,该现在努力的不要留给未来,该将来完成的不要提前到现在。人生的每个不同的阶段都有不同的任务,本末倒置,将会遗患无穷。"

听完老师的教导,宋艳萍真是佩服得五体投地了。她又一次给老师深深地鞠了一躬。出了心灵驿站,她想:宋艳萍不能再纠缠了,是该放下的时候了。

六

针对中学生的青春期教育,学校请来十年前毕业的学生,在南方某教育研究所工作的王灿灿博士,给学生做青春期生理教育辅导。

王灿灿分析了初恋对高中生的影响,给中学生早恋提出了几点建议。

一、让花朵来日再开放。中学时代是一个人性格、气质得到培养和逐渐形成的阶段,好像一朵含苞待放的花,中学生的情感单纯,见识短浅,心理与行为上带有盲目性、随意性和片面性,想法也容易带有理想化的色彩。作为老师与家长,要做好引导工作,让这些含苞待放的花朵在青春期多汲取些营养,把最美最盛的花朵留到来日开放。

学生有了早恋的意向,教师应该想方设法给予开导,指出其弊端,促使学生理智地刹住感情的闸门,暂时把这种情感冷冻起来,留在心灵的深处作为一种美好的记忆。

二、要理智地刹住感情闸门。到了青春萌动期,男女学生暗恋某一异性,这是正常的生理和心理需求。但若开始恋爱,肯定会影响学业。大量事实证明,大多数谈情说爱的高中生成绩下降是必然的,不少还会贻误终身,而恋爱成为动力并相互促进学习是不多见的。中学生谈对象是一个既充满欢喜又充满苦闷的过程,是一朵不结果实的花。

三、正确对待学生的早恋问题。尊重学生的感情,正确看待学生的早恋问题,学生恋爱既不违法,也不违反道德,是青春期的正常现象,这个年龄阶段的中学生,情窦初开,感情清纯无比,无杂念,无情欲,只有爱恋,只有喜欢,这是最宝贵的感情。

想想过去,从小学到大学,每位成年人都有自己暗恋的对象,并且随着时间地点的变化而变化。但是有人会说,现在的孩子成熟早,并且胆量大,在感情的发展上急于求成,控制不了自己,后果很可怕。是的,

应该承认孩子早熟,但我们应该相信,中学生单纯善良,所以老师与家长要珍惜他们的这份情感,不要上纲上线,要理解他们,爱护他们。但是要让学生明白,中学生谈对象离最终的婚姻还相当远,感情不稳定,应该慎重对待。

七

为了更好地对学生进行"青春期"爱慕思想教育,王老师想了很多的方法,最后还使出了绝招:请出了自己教过的学生给全班同学写信。其中有一封信颇为感人:

高中的兄弟姐妹们:你们好!

我是你们的师姐,高中毕业好几年了,现在的我已为人妻,为人母。我的丈夫是我高中时的同班同学。现在我们住在偏远的大山深处过着平静的日子。按照传统观念,这种日子是人们所憧憬的,可是在我看来,它让我感到窒息,缺少了生活的情趣和意义。

几年前,我也是一位朝气蓬勃的中学生,对未来的生活和理想充满着美好向往。在初中的时候,我的学习很好,以优异的成绩考上高中。接到高中录取通知书时,我激动地流下了泪水,并对我的人生作了美好的规划。

在高一,我学习认真,成绩很好,学习信心十足,好像大学的门槛对我降低了。每当夜深人静的时候,我会情不自禁地在脑海中勾勒着大学的全貌,幻想着自己徜徉在绿树成荫、高楼耸立,繁花似锦的校园小道……想到这里,我的心陶醉了。老师说,人这一辈子不进大学读书,算是到这个世上白来了。我暗暗地发誓:一定要考上大学。

正当我为未来人生奋斗的时候,情窦初开的我慢慢地难以平静下来,班里一位男生(我现在的丈夫)将"丘比特"之箭射了过来。当时我非常害怕,不知所措,第一次遇到这样的问题,既不敢对家长说,也不敢给老师讲,又慌又怕。后来,那位男生对我穷追不舍,他的真诚和耐心感动了我,我与他开始慢慢地接触,渐渐地恐惧感被幸福代替了。

他在我们班是一名优秀的学生,谈对象肯定影响学习,当时我们两个商量绝对不能因为谈对象而影响学习,开始克制自己,专心学习。可是感情是很难调控的,越克制越分心,最后我们学习成绩都下降了。

后来,我发现我们两个都变了,变得少言寡语,和同学接触的次数也减少了。一有时间,我们两个坐在一起闲聊,一天不见对方,感觉到心里空落落的。有时上课的时候,一个对视就让我们浮想联翩。由于感情的作怪,让我们渐渐地没有心思学习,把自己的人生理想抛在了脑后,彼此的志趣和目标在发生变化,不知不觉中对学习无所谓了。

这种情况很快被老师发现了,老师狠狠地把我批评了一次。当时我年轻,对自己的错误没有意识到,照样我行我素,与男朋友"暗度陈仓"。因为,我相信柏拉图说的那句话:"爱情,只有情,可以使人敢于为所爱的人献出生命;这一点,不但男人能做到,而且女人也能做到。"后来,双方的父母知道了我们的事情,也是极力反对,我的父母甚至恐吓我。我们只好在老师与家长面前明确表态,以后不再来往。巴尔扎克说得很好:"一旦有人反对,爱情会变得像禁果一样更有价值。"父母、老师、同学的反对和劝阻,反而让我们两人更加坚定所谓的爱情,为了避开老师和同学,我们绞尽脑汁地私会,并且设计着我们未来的爱情生活。殊不知,正是我们憧憬的爱情将我们带进生活的坟墓。我们双双名落孙山了。

高考成绩公布的时候,我心里虽然很痛苦,但不是那么的痛彻心扉。在父母的劝说下,本来打算补习一年,可是高考成绩太低,补习没有多大希望,最后决定放弃,走向了所谓的社会。再后来,我们走进了神圣的婚姻殿堂。刚结婚的时候,彼此着实幸福了一段时间,双方为自己的坚守和忠贞不渝感到欣慰，也为彼此终成眷属感到自豪。

踏入现实的婚姻生活，一切与谈对象时幻想的截然不同，现实的生活需要艰辛的付出和一定的经济基础。在这贫瘠的山区，婚后拮据的生活，导致我们两人矛盾频生，彼此的海誓山盟如同浮萍落地，悄然无声。精神上的追求被繁重的体力劳动剥蚀殆尽，繁忙的劳作使两人开始怀疑彼此的选择。我想起了上学的美好时光，开始后悔自己以前的所作所为，痛恨自己上学时没有听老师和家长的劝阻，落到今天这个地步。但是一切都晚了，晚得已经无法弥补。假若能有第二次机会让我重新走进学校，我会消除一切杂念，发奋读书。可是后悔药到哪里去买呢？

最让人揪心的莫过于昔日的同窗好友逢年过节打电话问候，以前学习远不如自己的同学考入大学深造，毕业后找到了体面的工作，而自己却因青春的放纵酿下了苦酒，只好日日苦尝。夜深人静的时候，回想起恨不得捶胸顿足。

同学们，请记住一句话，当学生的时候，老师与家长的教导是正确的，是为了你们的健康成长。可能因为青春年少，你们也许很反感老师和家长的长篇大论的说教，甚至很讨厌他们的喋喋不休。但是，有一点，作为过来人，我要慎劝你们：不要随便越早恋的雷池，千万不敢放纵自己，陷入感情的漩涡而不能自拔，否则，你或许会是第二个我或我的丈夫。

同学们，我写这封信是受王老师的邀请，都是肺腑之言，请你们不要重蹈覆辙，好好珍惜青春，努力读书吧。鲁迅说："如果一个人没有能力帮助他所爱的人，最好不要随便谈什么爱与不爱。"这里的帮助，不是你们这个年龄阶段所能承担的，它含有物质帮助的成分也不是你们能支付得起的。有一句话，我非常喜欢，希望与你们能共勉。"生活是很可怕很丑陋的。当两个人果然在一起后，爱情就会由蜜糖化为口香糖，愈嚼愈淡，淡到后来竟是涩涩苦苦的，不由得你不吐掉。"这是我的现实写照，也希望能成为正在奋斗着的你们的警言。

祝同学们学业有成,笑口常开!

师姐:吴敏

传阅完这封信后,同学们都感叹不已,有的在沉思,有的交头接耳地议论着什么。见状,王老师朗声说道:"大家可能清楚这位师姐的现状,所写内容虽然悲观,却是她现实生活的真实写照。这不是说高中的感情不好,因受多种因素影响,不到一定的时间,不能去涉足。否则,自己酿造的苦酒只能自己去品尝。"说到这里,王老师又让大家传阅一幅叫《猫的爱情故事》的漫画。漫画上公猫向母猫求婚说:"白天我看着天上的云彩想你,夜晚我看着天上的星星想你,亲爱的,你嫁给我吧。"母猫问:"你有别墅吗?你有跑车吗?你的存款是几位数?。"公猫哑口无言。

传阅漫话后,教室里静静的……

八

受王老师的郑重邀请,王灿灿博士也给全班同学写了一封信。

亲爱的小弟弟、小妹妹们:你们好!

我曾是你们现在就读学校的一名高中生,大学毕业已经六个年头,现在在南方某教育研究所从事教育心理学工作,给你们写这封信我很高兴,当我提起笔的时候,仿佛回到了高中时代那让人留恋又让人难忘的时光。

我之所以给你们写这封信,是因为想和大家分享一下我自己的初恋。其实,在高中我也谈过对象,现在回想起来那段美好的时光,让人感叹不已。在高中时,我和一位男生恋爱了,为了不影响学习,我们事先约定好要保持一定的距离,但一定要互相帮助,互相鼓励。高中毕业后,我考上了南方一所大学,他在北方读大学。大学期间,我们精心呵护着这段感情,为了给我们的感情倾注新的血液,我们决定不荒废学业。

那时,还没有手机,我们主要靠写信来交流。一封普通的信,总是让我们彼此兴奋不已,有的信我到现在都能背下来。可是感情之船在我们的人生征途中搁浅了。

你们可能好奇地问,是谁背叛了你们甜蜜的爱情。我要说,他没有背叛,我也没有,而是生活的现实羁绊着我们不能走到一起,给我们的感情画上了遗憾的句号。

大学毕业之后,我留在南方一家教育科研单位,我的男友留在他所在的大学任教,那时我们仍沉浸在幸福之中,并且为铸造爱情的殿堂努力着。一年之后,一次出国深造的机会降到了我的男朋友面前,当时他很矛盾,在学业道路上奔波的他已经略有倦怠,他想结婚,想走进爱情的港湾躲避一阵风雨,稍作休整。后来在我的劝说下,他决定出国深造,在国外的三年时间里,我们彼此感到的不是感情的甜蜜,而是煎熬。三年后他以优异的成绩被国外一家大公司聘用,距离成为我们在一起的绊脚石,最终结果大家可想而知。

今天,我要告诉你们的是,你们也许不会像我这么幸运,曾有一位上进而好学的异性朋友理智地将学习和感情分开,没有让我们彼此堕落。即使你们中有人很理智,让感情不会成为学业的绊脚石,但是谁又能保证爱情一路幸运下去呢?所以,与其没有把握地尝试,还不如专注地学习。因为没有谁能保证初恋能幸福。

祝小弟弟、小妹妹们:开心过好每一天。

师姐:王灿灿

王灿灿的信像一枚炸弹一样在高三(7)班引起了轰动。以前下课的时候,大家的话题都离不开又爱又恨的"恋爱",最近忽然像地雷一样,人人都绕了过去。

嘿嘿,这帮家伙,毕竟是孩子。王老师心理暗暗地想。

九

不久王灿灿又寄来一封信,信内还附着一篇她创作的小说,王老师一看是关于初恋题材的,他赶紧把小说复印,然后让大家在班内传阅。

理枝苦缘

(1)

自从那天晚上以后,他们带着伤感分别了。志嘉被分配到交通不便、沟壑纵横的家乡,欣怡留在了市委宣传部。

报到上班的时候,欣怡感到激动。大学时梦想中的工作,现在变成现实,坐在宣传部办公室,她心潮澎湃。"已经长大了,再不是一个学生丫头了。"她兴奋地告诫自己。

欣怡的工作是办公室秘书,写材料是她的是拿手活,拟文、打字、送文件她样样干得很出色。扎实的业务基础和丰富的社交经验,使她在工作中如鱼得水,很快赢得了领导的赏识。

欣怡天生丽质,得体的打扮、丰满的身姿、白皙的皮肤,让她浑身上下透着一股诱人的魅力。人长得漂亮,工作表现突出,老爸是财政局局长,这些无一不是机关小伙子们的艳美的,前来搭讪和表现的人络绎不绝,可都被欣怡婉言谢绝了。

同事们对她的做法不理解,本单位的条件好,小伙子又这么多,难道还要找一个外单位的不可?

其实,同事们哪里知道,欣怡心中早有一个白马王子了,他就是她初恋对象兼大学同学——志嘉,是他让她感受了那刻骨铭心的爱带来的幸福和甜蜜。现在这种感觉像血液一样在她身体里奔腾了,什么也代替不了。

自上班以来，在感情上欣怡的心里一直空荡荡的，她想，要是心爱的志嘉在自己身边那该多幸福啊。在没有人时，她会一个人呆呆地坐在办公室里，取出志嘉的照片，静静地看着他，心中不断念叨着：你在农村生活得好吗？工作顺利吗？为什么不来封信呢……

感情上的思念让她难以忍受，欣怡想请假去看志嘉，由于刚参加工作比较忙，迟迟没有动身。现在她有点恨他了，毕业都快三个月了，志嘉知道她的工作单位，为什么连封信都不给她写呢？其实她越恨他越思念惦记他，有时候她还会傻想，哪一天，正当她在办公室工作的时候，志嘉突然出现在她的面前，给她一个意外的惊喜，那时她会高兴得跳起来，甚至她会不顾一切地前去抱着他，给他一个甜蜜的长吻……

然而这一天没有出现，欣怡不知道志嘉的工作地址，感情上的折磨，使她有点萎靡不振。她的父母不清楚是怎么回事，妈妈问她最近是不是不舒服，她则坚强地摇头否定。父母只好托人给她介绍对象，这让她大发雷霆。无奈的父母只好听任她，结果她又莫名其妙地对父母发脾气。这使父母十分难过和不解。

时间过去半年了，欣怡一直没有志嘉的消息。幻想破灭之后，欣怡开始对这段感情不抱有希望了，心中的孤独在折磨着她。在万般无奈的情况下，她同意接受父母的想法。

经人介绍，她认识了副书记的儿子承宏，说是认识，其实是相亲。两人第一次接触，欣怡对这位小伙子没有一点感觉，只是表面上的应付。欣怡的心还在别人身上，谈对象只是缓解内心的痛苦。

承宏是招干干部，在市委组织部工作。人长得帅气，但油嘴滑舌，圆滑世故。他虽比欣怡大两岁，但从心态上来看，他们两人不是一个生活层次的人。欣怡见到承宏有点害怕，有种小羊见老狼的感觉。这让她不由自主地想起志嘉，想起他给她那种朴实敦厚的感觉。

一天下班后,承宏请欣怡去吃饭,迫于面子她答应了他。在吃饭的时候,承宏不拘小节,侃侃而谈,时而调侃这个,时而嘲笑那个,喝了几杯酒之后,更是丑态毕露,言带调戏,欣怡对此感到难以接受。

吃完饭之后,在回家的路上,欣怡和他保持不远不近的距离,承宏对她却动手动脚,两个人在路上推推搡搡,招来路人异样的目光。这让欣怡尴尬不已。

承宏喝醉了,心肠软的欣怡不想把他放在路上,硬撑着面子把他送到家里。

欣怡出来之后,思如乱麻,走在无人的大街,她的心如同没有路灯的大路伸向远方,凉风吹拂着她的面颊,泪水顺着面颊流淌,她的感情与这没有光明的黑夜一样,被无情的现实给吞没了。

承宏高中毕业,学历低不算什么大的问题。可他脑子也像缺了一根弦一样,说话办事毛里毛糙。他曾几次上门,欣怡对他不热不冷,但他死缠硬磨,让欣怡更加反感。有时承宏到欣怡家里来,也不顾她的父母在不在,招呼不打一个就往她的房子钻,这使她很难堪,觉得他没有涵养和家教。这样的人以后怎么一块生活?

欣怡的父母看出女儿的心思,有时,他们也显得无可奈何,副书记是他们的老上司,以前是财政局的局长,现在老上司的儿子与自己姑娘谈对象,还有啥说的呢?

这可能是政治联婚的症结。

第二天上班,单位的同事用一种异样的目光看着她,欣怡以为自己的衣着有什么不妥,她左瞧右看也没有找出什么破绽。但当她经过承宏的办公室时,听见他正在和几个同事调侃他们昨晚在一起的事情,一顿便饭被他说得神乎其神,让别人浮想联翩,也让欣怡心寒。

欣怡强压着自己的怒火走到办公室,此时的她心情烦躁不安。当她看到桌子抽屉里志嘉的照片时,心情再也不能平静了。猛然间，一个念头冒出来了：一定要去找志嘉，把事情给他说清楚，她爱他，她离不开他，她一定要嫁给他。

欣怡通过大学同学打听到志嘉的地址，请了一周假去找朝思暮想的梦中恋人。

经过一天的颠簸，到了志嘉所在县城。第二天，她又坐了近四个小时的汽车才到他上班的镇办高中。欣怡的到来使承宏感到非常震惊，同时也让他欣喜若狂。

"是下乡来调研吧？"志嘉高兴地问。

"下乡调研也轮不到来这地方吧？"欣怡假装生气地说，然后用火辣辣的目光盯着志嘉，这反让志嘉不好意思起来。

"你工作这么长时间，为什么连封信都不写？"欣怡的这句话明显带着责备。

"你看，我这叫工作吗！"志嘉用手指划着，苦笑着说。

欣怡随着志嘉的手势看了看，简陋的住房，实在有点寒碜，这么差的条件是她没有想到的。听说农村工作条件艰苦，起初她不相信，现在亲眼目睹后，真是惨不忍睹。这时，欣怡心中不由抱怨：毕业时不让你回来，你非回来，现在你活该！想是这样想，但心里还是很心疼他，她不由自主地向前帮志嘉捋了捋额前的一缕头发，帮他扯了一下皱折的衣角。

看着欣怡忽然柔顺起来，志嘉心中涌出一股暖流，两人不由得含情脉脉地注视着对方。

"我这次是专门为你来的。"欣怡再也抑制不住自己内心的情感。

"我知道……"

这三个字像三个大铜铃一样掷地有声，发出铿锵的震动声，让欣怡心潮澎湃，自己日夜苦等的不就是他这句话吗？

欣怡脸上因幸福泛起阵阵红晕，她高挺的胸脯伴着心跳的频率传递着爱的信息，她那焦灼而渴望的眼神将志嘉的爱意吞没。三个月的相思煎熬，让他们彼此都身心憔悴。看着欣怡火焰一般的眼睛和磁石一般的身体，志嘉再也控制不住自己了，站起来走上前去，伸开他那宽大有力的双臂紧紧地将她搂在怀中。轻柔而温情的动作，让他们紧张而幸福。她紧紧地搂住他的脖子，唯恐他跑掉似的，流着幸福的泪水，那颗孤冷的心好像一下子有了着落。

两人在这整洁的小屋互相拥抱着，此时无声胜有声。

欣怡和志嘉缠绵了一会儿，然后用渴望的眼神看着他说："我想给你调一下工作，把你调到我的身边。我爱你，我想和你结婚，一辈子都不离开你。"

听到欣怡的这句话，志嘉本想松开的双手，把她抱得更紧了。此时，他的心中有一种幸福汩汩上涌，太幸福了，一生能与这样的女人厮守，该知足了。

可欣怡这句话使志嘉心中难以平静，他怎不想调工作，生活在花红酒绿的大城市，这是他一生的向往，是他做梦都在想的事情。可是他有难言的苦衷。

欣怡看他稍微迟疑了一下，没有自己想象的那么兴奋和激动，便问："你怎么了，怎么不说话呀？"

志嘉马上又清醒了。

"谢谢你的好意，我也不想失去这次机会，但是……"

"你有什么顾虑吗？"欣怡双手抓着他的两臂摇了摇。

"有……我妈妈……"

"那没关系，等你工作调好了，在城里买一套房子，把阿姨接到城里来住。"

"我……我……妈妈有病，她现在不能走路，没人照顾。"他喃喃地说，"刚毕业的时候，我想留在县城高中教书，可是我妈妈的身体状况不太好，我申请到我们乡镇中学教书。在家门口教书，白天在学校教学，下午放学能帮助家里干点农活，晚上可以照顾妈妈，假如我调走了……"

他的一番话，使欣怡陷入困苦和矛盾之中，刚才的兴奋一扫而光。她懊丧地想：事情怎么会这样？老天为什么不能成人之美？如果志嘉进城，她的父亲能把这件事办成。可是，由于家庭原因志嘉而不能走,她着实没有办法,本来带着美好的希望而来,看来现在要带着失望和无奈而归了。

欣怡在这里住了两天,回老家看望了一下志嘉年迈的妈妈,又帮他清洗了床单和被罩,把房子打扫干净,从乡下返回到城里。

(2)

欣怡从志嘉那里回来后心情更糟了,她不想和任何人说话,包括现在的承宏。承宏以为欣怡病了,几次过来安慰,都被她轰了出去。这使他有点生气和无所适从。

不管欣怡怎样怠慢,承宏都没有放手的意思,即使有时被欣怡讥笑讽刺以后,他也照旧来。有时被拒绝得太厉害了,他只好给父母诉诉苦。见此,承宏的父母请市领导做媒,向欣怡的父母提亲,欣怡的父母可不敢怠慢。在父母的劝说下,欣怡在只好同意了这门婚事。

婚姻啊!说是缘分,这哪里来的缘分啊。欣怡心中的苦犹如吃了黄连,父母无聊的劝说,邻居同事报以美慕的目光,让她更难受。此时她恨志嘉,恨他不能帮助她,保护她。有时她有一种可怕的想法,如果志嘉出现在她身边,她会义无反顾地跟他私奔。可是幸运没有降临到她头上,她盼望的志嘉像从人间蒸发了一样。

经过一段时间的精心准备,这对看上去"门当户对"、"幸福美满"的恋人走进了神圣的婚姻殿堂。

欣怡和承宏的婚姻成为现实,她死了对志嘉的那份痴心。女人的生活比较现实,既然生米煮成了熟饭,只有凑合着过了。

刚开始的时候,两人日子过得可以,一年之后生了一个漂亮的姑娘。女儿的降生给欣怡的生活带来了快乐和希望。嫁鸡随鸡,嫁狗随狗,这是女人的心态。

承宏从小在家中娇生惯养,没有形成独立的生活习惯。现在结婚一年多了,已经为人父,大男子主义严重的他不但说话不分场合,而且公子哥的作风很严重,对家没有一点责任感。欣怡有时开导他,结果他不但嫌欣怡啰唆,还让她少管闲事。为此,两人经常吵架。

女儿刚出生不久,承宏的心态变了,认为女儿把女人拴住了,自己可以无忧无虑地生活了,每次和朋友坐在一起喝酒聊天,他都海吹一下自己追老婆的事。

"看把你老婆说的跟仙女似的。"一个喝醉的朋友说。

"她以前跟一个大学同学来往你不知道?"另一位朋友插嘴说。

"我咋能不知道,我老婆跟我说,他们只是一般同学关系。"

"那你错了,欣怡在刚上班的时候,还专门去找过他,听说还在男同学那儿住了几个晚上呢。"

承宏心下一惊,欣怡怎么没有说过这件事?他生气地将那位朋友大骂了一顿,酒场不欢而散。

承宏回到家里,彻夜难眠。第二天早上,承宏试探着问了欣怡,欣怡说是一般的同学关系,别的什么都没说。

朋友的一句话成了承宏心中一个疙瘩,他总觉得老婆有什么事瞒着自己,开始对欣怡疑神疑鬼起来,可他没有发现任何蛛丝马迹,这让他心烦意乱,晚上经常失眠。

由于这种长时间的不信任,两人的关系也紧张起来。

欣怡慢慢地发现丈夫变了,有时自己去超市买个东西回来也被问东问西的,刚开始她以为丈夫在意她,心里还很感动,后来却发现是丈夫怀疑自己,她又气又伤心。有时,为了一件小事,丈夫无理取闹,忍无可忍的她还几句,结果总以夫妻大吵特吵结束了。

心事重重的承宏经常在外面喝酒,有应酬时喝,没应酬时也喝,经常喝得烂醉如泥,回到家后耍酒疯,整得家里一夜不得安宁。刚开始,欣怡还能忍受,他吐了,帮他收拾赃物,他渴了,给他端水。可是次数一多,欣怡难免数落他,满肚愤恨的承宏怎能容忍,借着酒兴对欣怡一顿辱骂,最后夫妻二人大打出手。

一次,承宏喝醉酒敲门,欣怡正在给女儿喂奶,开门稍微迟了一点,他一进门就破口大骂,于是两人大吵大闹起来。"你为什么不开门,说!我以为你把那个狗日的大学同学领到家里来了!"欣怡听到这句话,神经像触了电似的,顷刻间失去了知觉,她的手在颤抖,心在哭泣,全身在战栗。她走上前去,"啪啪啪"打了承宏几耳光,随后给公婆打了电话,抱着女儿回娘家去了。

在双方父母的调解下,欣怡在娘家住一段时间回到了家里,那毕竟是她生活了两年的地方,但是此时的丈夫对她的过去还是不能谅解。因为感情是自私的,欣怡曾不止一次地向承宏解释过,但无济于事。

欣怡无论在家里,还是在单位,口碑都很好。在家里,她勤快、知书达理、贤惠,深得公婆的喜爱。在单位,能力突出,对人尊敬,现在已被提拔成科级干部。有时候,承宏在家里吵闹,她忍耐着,唯恐惊动了公婆和娘家亲人。现在她忍受不了,只要吵架她都会给公婆打电话。父母劝说,承宏不听,有时气得两位老人彻夜难眠。

无休止的纠缠吵闹,使双方筋疲力尽,为了让女儿有一个完整的家,欣怡委曲求全,能做的家务,她尽量做,该操持的家里事情,她尽量操持。

家和万事兴,家不和事能顺吗?一天晚上两点多钟,承宏还没有回来,欣怡隐约有一种不祥的预感,她赶快给公婆打电话,一家人四处寻找。最后在离家近两公里的地方才找到,此时承宏已经昏迷不醒,三人赶紧把他送到市人民医院,经检查,是酒精中毒,不治而亡。

承宏的死让家人无比痛心。

承宏的父母为此事很伤心,二位老人没有怪儿媳,自己的儿子,自己最了解,都怪儿子不珍惜生命,儿子没有受到过挫折,骄纵、自私、狭隘的性格容不得别人的一句话,这是造孽啊。承宏的去世,让两位老人伤心欲绝,他的父亲一夜之间头发全白了,一向穿着讲究的母亲最近也是蓬头垢面,说话颠三倒四。其实,欣怡也好不到哪里去,虽然她和承宏感情不好,但毕竟有五年的夫妻情,看着他们可爱的女儿,欣怡肝肠欲断了。可是走的人走了,活着的人还要坚强的活着。不管生前承宏怎样对她,现在她都忘了,她只想让承宏能安心地走……

料理完丈夫的后事,欣怡疲惫不堪,她该歇歇了,结婚近五年的时间,虽然吃穿不愁,但是心里太苦太累了。此时的她,无力思考更多的事情,只想睡一觉。

在家休息一段时间后,欣怡去上班,强打精神的她,还是掩饰不住悲伤。她坚强地带着女儿,母女二人相依为命,她不想怨天尤人,她认为这是命。

走的人永远走了,活着的人还要坚强地活下去。这句话说起来容易做起来难啊。

欣怡经过此事,人已经消瘦了一圈,虽然她时时提醒自己忘记承宏,但脑子里始终抹不去,总认为他还活着,只是又出差了。想起两人谈对象时她对承宏第一次发火,是因为承宏经常在单位宣扬自己找了一位大学生。现在想起来,他也没什么错,他没有上过大学,对大学仰慕已久,现在找了一位大学生对象,对他来说是一种心理上的满足。人人都有虚荣心,他那时毕竟年轻,只是说说而已。可是,那时自己何必那么在意呢。

结婚后,在她怀孕的期间,有天晚上她打电话给承宏说自己特别想吃西红柿,可是由于工作应酬,承宏晚上十一点才回家,当他坐在沙发准备喝水时,想起西红柿的事儿。随后他开车走了几十里才找到一家超市买了西红柿。想起这些,欣怡感动不已。为什么活着的时候不知道珍惜彼此,人走了反而怀念他的好。人啊人,怎么就不惜福呢?

最可怜的是女儿,小小年龄,就失去了父爱。女儿只有四岁,她已经理解妈妈的苦衷。妈妈在干活的时候,她陪伴在妈妈的身旁。妈妈闲着的时候,她会偎依在妈妈的怀中,懂事地看着妈妈的脸色行事。

对于女儿过于成熟的心思,她感到痛苦,家庭的不幸让女儿过早地失去了父爱,承担着不该让她承担的一切,这让她苦不堪言。欣怡伤心、痛苦、流泪……

（3）

转眼之间几年过去了,一次偶然的机会,欣怡与志嘉在市委大楼里相见,两人都感到非常意外,握手相问。此时,双方没有以前那种激情和冲动。

"你来市里办事情?"欣怡问。

"嗯,我给所里办件事情。"

"你在市研究所上班?!"她惊异地问。

"已经三年了。"他不紧不慢地回答。

这让欣怡觉得有点蹊跷,志嘉在市里工作已经几年,她怎么一点也不知道。噢,这几年她几乎和外界失去了联系,就连前几天的同学十年聚会,她也找借口推辞了。其实,这次聚会时,志嘉一直在等着她的到来。

"那家中的妈妈也接来了。"欣怡带着宽慰的口气问。

"妈妈去世了。"

欣怡觉得自己问得失言,脸上泛起微微的歉意。

欣怡后来才知道,自从那天分手后,志嘉感觉到他们走在一起的可能性不大,心里虽十分痛苦,但是面对残酷的现实,他死心了。

欣怡走后不久,志嘉的妈妈就去世了。心中没有了牵挂,考研成了他的理想。他想只有上研究生,就可以和欣怡走到一起了。志嘉本想等他考上研究生,再告诉欣怡,给她一个意外的惊喜。

他边教学,边复习功课,一年过去了,在他即将考研的前夕,他突然听说欣怡结婚了,这对他简直如五雷轰顶,使他措手不及,他很痛恨自己为什么不早些告诉欣怡真相。缘分,就是这样,有时成全人,有时候捉弄人。他与她有缘无分,他认了。于是在填报考研志愿的时候,他改变了自己的想法,把志愿填到了外省。三年研究生毕业后,他被分配到市农科研究所。其实志嘉一直关注着欣怡,他知道她婚姻不幸福,但他没有与她联系,怕影响她的家庭。后来经人介绍,志嘉和所里的一位姑娘结婚了,日子过得和和美美。再后来,志嘉知道欣怡的丈夫因喝酒而去世了,他对她感到同情和惋惜,曾托人给她带了五千元,当时忙乱的欣怡没有在意。

如今他们两人一见面,意外之后有点尴尬,毕竟他们相恋过。这次,他们只是客气地打了招呼后,便匆匆道别。

由于,志嘉被提拔成所里的领导,经常到市委开会,和欣怡见面的次数也越来越多了。感情有时候像一座休眠火山,沉睡的时候它死寂一般,可是醒来的时候它却变成了一头猛兽。现在志嘉心里有一头猛兽,它狂野地撕咬着他的内心,咬出了他对欣怡那份难以言说的情意。

知夫莫如妻,志嘉感情上微妙的变化,被他敏感的妻子发觉了。一次,市委开完会后组织了会餐,志嘉问起欣怡的近况,欣怡非常伤心,忍不住泪眼婆娑,当他给欣怡递去餐巾纸时,正好被他的妻子碰见。由于当时同事都在,碍于面子,他的妻子没有发作。可一回家,无论志嘉如何解释,他的妻子都听不进去,结果两人吵了起来。

丈夫抱怨妻子心胸狭窄,妻子抱怨丈夫背着自己偷偷约会。从此以后,志嘉的妻子对志嘉起了疑心,经常用手机探听丈夫的行踪。怀疑啊!是一种最惹祸的东西,它可以使恩爱的夫妻因一次误会而不信任,使本来幸福的家庭生活从此蒙上了阴影。

志嘉和妻子出现了小小的感情裂痕,妻子认为丈夫对自己不忠,他怪罪妻子小心眼,两人常因为小事情发生口角,闹得双方不愉快，家中从此失去了笑声。即使妻子对志嘉如何怀疑，他还是爱妻子的，不仅因为她为他生了一个可爱的儿子，还因为她曾经无怨无悔地支持着自己的事业。对于妻子的抱怨、质疑、指责、甚至辱骂他都能容忍。但有一点他很生气，就是妻子每次发火都对欣怡骂不绝口，恶言相加，昔日温顺贤惠的妻子瞬间变成了一个骂街的泼妇，这一点他非常反感。可是每次的阻止只能让妻子更加怒火万丈，苦恼的他工作也受到了影响。前段时间，领导还叫他谈话，说是谈话实际上是侧面批评。因为按照原计划今年必须要完成的课题，现在都十月份了还迟迟没有头绪。一向吃苦能干的志嘉在工作上从来都不让领导费心，这次却急了领导，能不批评他吗？

家庭的不和，工作上的不顺心，使心烦意乱的志嘉经常找欣怡去倾诉。同为天涯沦落人，这种倾诉不仅让两人惺惺相惜起来，而且唤醒了两人心底那头感情野兽。对于这一点，欣怡是理智的，她虽然难以扼杀心中的爱意，但是良知告诉她不能拆散志嘉的家庭。自从承宏离去后，她知道一个完整的家庭是多么重要。决不能因为她的出现，使志嘉的家庭破碎。她苦口婆心地开导志嘉，希望他们夫妻从误解和痛苦中解脱出来。

欣怡这样想，可是感情这种微妙的东西，有时难以控制，她想控制自己，然而志嘉的一个眼神又能激起她内心的狂澜，这狂澜让她欲罢不能。

一天凌晨三点多钟，志嘉家的电话响了，睡意正酣的他以为是骚扰，没有管，而电话响两声不响了。过了一会儿，电话铃又响了，他揉着惺忪的睡眼拿起电话。"志嘉，我的姑娘现在肚子痛得利害，你能帮我把她送进医院吗？"说完，欣怡嘤嘤地哭泣了起来。

志嘉赶紧起床，随手推醒妻子。"三更半夜的，干吗那么紧张？"妻子没好气地说。

"欣怡的姑娘病了，急需送往医院。"志嘉说。

"我说咋这么紧张，原来是……"妻子猛地一下翻过身子，把脸转向墙壁。

志嘉气得说不出一句话来，把门"咣"的一声关上。他对妻子的变化和不理解十分生气。

深秋的季节，天气渐渐变凉，蒙蒙的细雨在不停地下着，走在寂寥的大街上，只听见啪叽啪叽的脚步声。他走到欣怡楼下时，她已经抱着孩子在楼道口等着，他急忙接过孩子，就往医院跑。到了医院急诊科，孩子被初步诊断为急性阑尾炎，把吊针挂上，等天亮动手术，这时两人才算松一口气。时间凌晨四点钟，欣怡用手将了将额前的几绺湿漉漉的头发，向志嘉表示感谢。

"不好意思，深更半夜打扰你，影响你和家人的休息。"这时她害怕提到志嘉的妻子，因为上次在宾馆吃饭时被他的妻子误会了，欣怡感到非常愧疚。

"没什么，你不是没有办法吗？"

"孩子什么时候得的病，你怎么不早说？"志嘉既安慰又抱怨地问。

"嗯嗯……"欣怡只是低头闪烁其词地回答着。

"假若孩子有什么情况，你怎么给承宏交代？"

欣怡的眼泪簌簌而下，她抬起头，用感激的眼神看着眼前的这位男人。若在十几年前，她会猛地扑进他的怀里哭个痛快，但是现在……她不能。

"昨天孩子的爷爷去参加市里的联谊会，奶奶去了她姑姑家，家里没人，我才打电话给你……"

志嘉刚才被雨淋得湿漉漉的，身体有点禁不住打哆嗦颤抖，听了欣怡的话，他用手示意她不要再说了。

早上八点多钟，孩子被送进手术室，欣怡让他去上班，志嘉却说他已经给所里打电话请好假了，他让她出去吃点早点，暖暖身体。

这时欣怡望着志嘉，满脸的憔悴和困倦，他的裤子和皮鞋上沾满了污迹,人显得十分狼狈。这时欣怡再也控制不住自己的感情,扑到志嘉的怀里呜呜地哭了起来,志嘉的双手不自觉地抱紧了她。

志嘉这一抱,让她回想到十几年前的感觉,那种踏实、温暖、满足的感觉。

志嘉的这一抱,也让他自己仿佛回到了大学时光……

记得大四毕业时,同学们忙着找工作分配,好多同学很长一段时间都见不上面。一天下午,志嘉在学校门口碰见欣怡,欣怡的打扮让志嘉眼前一亮,雪白的连衣裙将她玲珑的身体衬得凹凸有致,她全身焕发着青春的魅力。她手中提着几样日常用品,看样子是去逛商场了。

"志嘉,你干啥去呢?"欣怡微笑着问。

"没事干,出去转转。"

"工作找好了,这么悠闲。"欣怡用俏皮地问。

"噢,没有,我不像你,局长的千金,我哪来的机会。"志嘉也用调侃的口吻说。

志嘉的问话并没有引起欣怡的反感,她反而用一种真挚的目光瞅了他一眼说:"今天晚上有空吗?我想请你看电影……"她用恳求的眼神直视着他。

志嘉愣了一下,然后回答说:"没什么事,我请你。"

"那晚上校门口见,不见不散。"欣怡说完调皮地笑了笑,走开了。

下午六点多钟,志嘉如约到校门口一家商店前。太阳已经失去了中午的热情,显得有点疲倦,恍恍惚惚的,大地披上了一层橘红色,给人一种舒心惬意的感觉。

欣怡走来了,脚步轻盈,她在校门口稍微一站,眼神朝四周的商店一望,看着志嘉站在正前方,她大大方方地走到他的面前。志嘉被眼前俏丽的欣怡迷住了,欣怡看他愣愣地站着,她有点羞涩起来,只好冲志嘉喊道:"走啊!"欣怡的一喊,志嘉才缓过神来,傻傻地笑了笑。

　　电影演的是《穆斯林葬礼》，二人都各怀心事。其间，欣怡邀请志嘉到电影院一楼舞厅跳舞，志嘉谢绝了。一是因为他不会跳舞，二是他很自卑。欣怡是市财政局局长的女儿，自己是来自偏远山区的农家子弟。对于欣怡，他很喜欢她，但他怎敢高攀她？欣怡今晚邀他看电影，他想可能是因为大学快要毕业了，以前没有时间在一块闲聊，现在想交流一下而已。至于她只邀请他一个人的原因，他就猜不透了。

　　事实上，志嘉想错了。欣怡对他早有了爱慕之心，只是男的不主动，女的也不好意思表白。所以，欣怡也只能暗暗地喜欢志嘉。后来，在慢慢地接触中，欣怡发现志嘉是喜欢自己的。可不知道是什么原因，他总是没胆量表白。一气之下，欣怡故意和其他男生来往，希望能激起志嘉对她表白的信心和勇气，然而当志嘉看到欣怡和别的男生来往时，更加退避三舍了，欣怡失望透顶了。其实，欣怡也错了，自从志嘉看到欣怡与一个男生来往时，他的心中有说不出的痛苦，好几个晚上都彻夜难眠，他恨自己胆小、懦弱、没有出息，他是多么爱她呀！

　　电影结束以后，两人走出电影院，从电影院到学校有近三公里的路程，志嘉提出坐出租车回校，欣怡却说："时间还早着呢，我们散散步吧。"两人一前一后地走着，那一刻，欣怡真想让志嘉拉着她的手默默地走过这漫漫长夜。可是志嘉没有，他只是静静地走在她前面。那一刻，志嘉又何尝不想靠近欣怡呢？他多么想拉着她的手并肩前行，可他怕那样做会引起欣怡的反感。

　　"你工作找好了吗？"欣怡问。

　　"没有"

　　"那你打算怎么办？"

　　"准备回老家报到。"

　　"回老家报到？！"欣怡故作吃惊，"像你这样的高材生，不是屈才了吗？到你们老家，那大山深处，你能有什么作为？"

"没办法,在市里找不到工作单位,不过回去也好,我是从大山里走出来的,对那里有着特殊的感情,也应该为家乡做点贡献。"

欣怡听到志嘉这些话,她"咯咯"地笑出声来。"别唱高调了,现在的社会还讲奉献,老夫子一个。"她半开玩地说。

"前几天,我找到一家单位,不过是郊区的一所中学,你愿意去吗?你想去我帮你联系一下。"欣怡主动地提出,显得很自信,她想这个消息一定会让志嘉欣喜若狂。

"郊区中学?"志嘉迟疑了一下。

"在郊区和我的家乡差不多。"他随口说出。

"这里离市区近,以后往市里调动容易些。"她向志嘉暗示,同时说以后调工作她也能帮上忙。

"我和家里人说好了,我要回去。"

一听志嘉这样坚定,欣怡沉默了,心里很惆怅。今天晚上请他出来看电影,是想告诉他,他的工作已经联系好了,为了给志嘉惊喜,刚才她故意说是给自己联系的单位。其实她的工作单位父母早已联系好,在市委宣传部。她为志嘉的工作可是费了心机,凭她父母的关系,为志嘉找一份称心如意的工作不成问题,但是她不敢向父母说明这一切,因为他们是同学关系。她只好托父亲的同学(中学校长)帮她找到了这份工作。如果志嘉能留在市里,让他先到中学上班,以后等他们的关系公开,再向父母说明情况,把他调到市里,凭志嘉的能力,加上她父母的关系,一切都会随心所愿。

可是她的良苦用心,志嘉完全没觉察到。

可志嘉……想到这里,欣怡一晃神,脚下一软,一个趔趄差点摔倒,志嘉赶紧将她抱住,欣怡心中热血沸腾……就在这一刹那,二人紧紧相拥。欣怡多么希望他就这样抱着她永不放开,然后给她热烈的狂吻……

当志嘉抱着欣怡娇小的身体时,看着她俏丽的面庞,高挺的胸部,止不住心跳脸热起来。他多么想这样长久地抱着她,听她的心跳,感受她起伏不定的呼吸,可是心中一种罪恶感将他击溃了,他突然松开了手。因为他觉得她已经有男朋友了,他这样对她太荒唐了太可耻了。

当志嘉松开手时,欣怡凄然一笑说:"没什么,刚才是不小心。"接着二人转移了话题,边说边走回到学校。那一晚,欣怡失眠了,志嘉也失眠了,双方都在煎熬中度过……

时光如梭,一晃十几年过去了。今天在这里他们又一次深情相拥,可是他们还能拥有彼此吗?

两个小时过去,手术顺利结束,志嘉帮助欣怡安排好医院里的事情,他才回家。当他拖着疲惫的身体回到家里时,妻子的脸阴云密布,劈头盖脸地骂了过来。这次志嘉没有解释,只是静静地迎着这场暴风雨……

(4)

欣怡一个人带孩子太累了,别人劝她再找一个,可她的内心非常矛盾。

前两年,有人劝她再找一个,她考虑最多的是女儿婷婷,假使再找一个女儿不接受怎么办?给女儿心灵造成创伤怎么办?女儿已经受了一次伤害,欣怡不想让她再受一次。她宁愿失去自己的幸福。

随着时间的推移,孤独和寂寞快将她击垮了。她一个人过日子太不容易,个性要强的她,不想拖累公婆。承宏出事情以后,她的婆婆几次让她搬回去一起住,她婉言回绝了。但女儿不与爷爷、奶奶住在一起,两位老人会孤独。权衡后,欣怡决定让女儿和公婆住在一起。她就是这样,宁可自己忍受痛苦,不想在老人伤口上撒盐。

白天,欣怡在单位工作,她心中寂寞感还轻些。下班以后,她内心的孤独非常难耐。

当然,欣怡最痛苦的是和志嘉这份藕断丝连的感情。人在感情面前是脆弱和矛盾的:理智上,欣怡不想破坏志嘉的家庭,可内心深处她又是多么想依赖志嘉啊,多么想拥有他

那厚实的肩膀啊。

当志嘉觉察到欣怡内心的纠结时,他也很痛苦。理智上,他一直想,欣怡应该有个好男人照顾了,可是一想到欣怡和别人在一起,他又莫名地酸楚。当年,他和欣怡分手,完全是因为自己迂腐的"门户观念"作祟,如今他也算是单位上的小领导,有能力和实力与欣怡相配了。可是所有的一切都晚了。

志嘉恨时间不能倒流,他多么想让一切能从头开始。

可是志嘉又舍不得妻子,妻子贤惠、能干。妻子为自己付出了太多,结婚六年来,他没有给她过多的关心和照顾。为了让自己考博士,妻子放弃了她自己的事业,全力支持,把家中重担全扛了过去,而她毫无怨言。她生小孩的时候,他正在新疆搞课题样本取样工作,当他知道儿子出生的消息,已是妻子出院的时候。都说女人最脆弱的时候,是生孩子的时候,当时她多么希望自己能在身边,但她为了他的事业没有吭声,就凭这一点他也不能背叛她。

两个贤淑的女人,志嘉都不想辜负。平时,他和欣怡接触的时候,妻子不高兴,志嘉知道这些。可是不跟欣怡接触,又担心欣怡太孤独。两人的频繁接触,传到了双方的单位,风言风语让两人感到十分疲惫。

随着时间的推移,志嘉又感到他对欣怡的帮助只能是暂时的,他解决不了她内心的寂寞。再说,还有一点他根本无法做到,因为欣怡还比较年轻,她有生理上的需求,这他怎么能满足呢?越过道德的底线,这一步他不想做。况且这种做法,欣怡不能接受,他的妻子根本无法容忍。

志嘉沉浸在痛苦之中。

志嘉和欣怡的来往,影响了两人的工作。同事理解的,还能说句公道话,不理解的,都是流言蜚语。作为女人,听到传言,欣怡压力更大。

中国人爱在男女关系上做文章。

欣怡的婚姻也让公婆很为难。婆婆理解欣怡的难处,不好意思过问，她是儿媳妇，不是女儿。对于欣怡的个人问题，她要找一个合适的结婚，二老没有什么意见。可是现在她却和一个有家庭的男人纠缠不清，还是以前有过瓜葛的男人，使公婆心中很不舒服。

其实，志嘉与欣怡之间没有什么，只不过是闲了在一块聊聊，相互关心一下，并没有像谣言说的那样，两人已经买了一套房子同居了。单位同事的议论，欣怡感到痛苦，她不想做第三者，她更不想去破坏一个圆满的家庭。

更可怕的是，这些影响了欣怡的工作。前一段时间，干部调动，按理说欣怡当市委宣传部的宣传科长好几年了，凭她的工作能力晋升为副部长是水到渠成的事情。可是在干部考查的过程中，她的个人作风问题被有些人吵得沸沸扬扬。干部公示名单上没有欣怡，她工作变动的事情被搁置起来。

事业上的失利，让欣怡失去了信心。这一段时间，精神沮丧的她过着暗无天日的日子。没有人安慰她，没有人关心她。这时，欣怡想到志嘉，心中有一种渴望，只有他才理解自己此时的心情。因为这是双方来往招来的"横祸"。现在怎么向他诉说呢？可想到他的家庭，欣怡又马上打消了这个念头。

欣怡越是压抑内心的欲望，想见志嘉的渴望越来越强烈，这种想法将她折磨得几近崩溃。终于，有一天她再也抑制不住了，拿起电话打给志嘉，对方的电话占线。过了一会儿，欣怡又拿起电话，电话仍然占线。第三次拿起电话，仍是占线。欣怡想，志嘉可能在工作。

欣怡刚放下电话，电话响了，她一看是志嘉的电话，内心难抑的激动让她的声音也颤抖起来。

"我给你打电话，电话一直在占线。"志嘉先开口问。

"噢……我刚才在给你打电话……"听到志嘉的声音，内心的委屈、困惑、不满一齐涌了出来，欣怡像一个孩子似的竟然失声哭了出来。

"今天中午，你有没有时间，咱们一块到外面吃个午饭。"

听到志嘉的话，欣怡只是哭，并不作答。志嘉知道欣怡内心备受煎熬，他在电话那边沉默着，直到欣怡哽噎着说"可以"后，他才安慰了几句挂了电话。

两人如时赴约。到了餐馆，点了几个菜，就把话题谈到欣怡的干部变动上。

"前几天，听说宣传部干部变动。"

"嗯……"欣怡抬起头扫视了一眼志嘉。

"情况怎样？"

"落选了。"

"你没有想过调换一下单位？"

"暂时没有，边走边看吧。"

欣怡想问一下志嘉的情况，欲言又止。

"我的课题进展得也不顺利，现在没有心思搞课题了。"

"你应该把课题主持完，单位投入大量的科研经费，没有结果不好交代。"

"尽力而为吧。"志嘉无奈地说。

两人沉默了一会儿，都想说话而又都不说话。

感情是一种莫名的东西。志嘉只要和欣怡坐在一起，即使两人都不说话，他也很安心。他知道自己很在乎这个女人，在乎她的快乐与痛苦。偶尔沉默的两人目光相碰时，虽没有以前那么激动，但是两人都能读懂内心深处的爱。

"你把自己的事情考虑得怎么样了？"志嘉问。

欣怡没有回答，只是目光征询地看着志嘉。志嘉被欣怡的这种眼神灼伤了，曾经因为这眼神他退却过，如今面对这眼神，他还能做什么？

"你……该考虑自己的婚姻……问题。"志嘉有点言不由衷地说。

"有你在，我不想考虑。"欣怡说。

志嘉听到这句话，眼泪在眼眶里打转，他的双手紧握住欣怡的手。

"有你在，我必须要考虑我的问题。"欣怡又接着说，"我不想让咱们之间的来往，成为别人茶前饭后的谈资，我不想以后影响你的家庭和事业。"

"以前，自己的感情太自私，不知道为什么，只要想到你，就想占为已有。一听说你找了男朋友，我心如刀割。可一贫如洗的我又能为你做些什么？十几年过去了，造化弄人，如今我已有妻室，不能给受苦的你带来幸福，也不能去安抚你那颗孤独的心灵。"志嘉痛苦地说。

欣怡静静地听着，双方的手握得更紧了。

"这不怪你，我感谢你对我的那份珍贵感情，咱们是有缘无分，我会把这种这份感情永记心底。"欣怡说完后起身走了，只留下眼眶湿润的志嘉在那里木雕一般地坐着。这时，餐馆里忽然传来了歌声：

天黑的时候我想起了你说的话
再见吧 baby 我们也许都该长大
天色很黑你看不见我的眼泪
因为我装无所谓忍着泪笑得好狼狈
不想让你太累不想看你为爱疲惫
不要后退我怕我会后悔
看着你消失在昏暗的巷口
昨天所有承诺抛在脑后
你说分手从来不会有天长地久
我像个孩子一样守在角落
想象你会突然地回过头
你永远不会懂
忘记痛要多久
回忆倒流回到我们相遇的地方
天很蓝风很暖这些画面我割舍不断
我怕孤单你比谁都更明白

以为你会一直让我依赖就算海枯石烂

是我太过天真还是我爱得太愚蠢

童话剧本又怎么会成真

看着你走失在我们的爱情

留下苍白而无力的回忆

最后说我爱你是我所能做的唯一

我知道自己还是无法忘记

离开你时间该怎么继续

我仍选择放弃

只因为太爱你

……

几天后，欣怡辞职去了南方，到了一家地方报纸做编辑工作。一年之后，志嘉也辞去工作，携带妻儿去了北京一家公司就职，负责公司的生物技术工程研发工作。两人天各一方，只是偶尔黑夜的时候，彼此回想起分别的那首歌……

小说到这里以后就结束了，同学们看完以后都唏嘘不已。王老师乘机在班会上讨论了这篇小说，同学们真是仁者见仁智者见智，但都感悟很深。看来，这群家伙都认真思考了，王老师觉得有这点就足够了。

十

安静了没几天的高三(7)班又沸腾了。瞿磊出事了，韩琴也被牵连了进去。

最近县刑警大队破获一起故意伤人、盗窃案，据犯罪嫌疑人交代，瞿磊参加了打架盗窃。韩琴也因参与销赃被公安机关拘留了。

公安机关立刻通知家长。韩琴的父亲在外面打工，火速赶回来了解情况，父亲对韩琴的表现痛心疾首。韩琴的父亲从学校回家，他害怕事情被妻子知道,加重病情,隐瞒了韩琴的情况。韩琴以前在学校的表现母亲知道一点,由于女儿不承认自己在谈对象,宽厚的母亲认为女儿在城里读书很辛苦,便原谅了她。

韩琴被公安局拘留,父亲回来后没有再外出打工,在家陪着病重的妻子。每当妻子问起女儿时,他只能偷偷地流泪,他不能把实情告诉妻子,不忍心给久病缠身的妻子致命的打击。他知道,女儿是妻子最大的精神支柱,她含辛茹苦的劳动,省吃俭用的生活,全是为了供女儿好好读书,希望女儿考上大学有出息。她要知道女儿在城里的所作所为,她的精神会崩溃的。

韩琴母亲的病越来越严重了,现在已经卧床不起了。躺在床上的她一直念叨:"琴琴,是不是快放寒假了?"

"是的。"丈夫不忍心地说。

"琴琴长大了,她回来我有很多话对她说。"

"嗯,你好好养身体。"丈夫悄悄转过身抹掉眼泪。

前几天,她想去县城看望女儿,被丈夫拦住了,一是她身体虚弱,二是因为韩琴没在学校,而是在看守所。

韩琴的母亲硬撑着病体,在期盼中与病魔抗争着。有一天,有两个多月没有下床的她,突然提出要到院中走动。丈夫很担心,没有答应她的要求。可是她趁丈夫不在时,自己从炕上下来,拄着木棒在院里走动,出去办事的丈夫回家看见她在院里拄着拐转悠,赶紧扶她进屋。此时面带微笑的妻子说:"我不要紧,明天琴琴放假回来了,我准备下厨房给她做点吃的,琴琴在学校饿瘦了。"

丈夫听了妻子的话,含着泪点了点头。

"今天晚上你和些面,明天炸些油饼子。"妻子对丈夫说。

当时韩琴的父亲只是应诺,再没有说什么。

就在这天晚上,韩琴的母亲带着对女儿的思念与世长辞了。

母亲去世之后,父亲托人去公安局咨询情况,看女儿是否可以回来见母亲最后一面。但是捎信的人说,韩琴不能回来奔丧。家里所发生的一切,韩琴一无所知。

母亲带着遗憾走了,这也许是好的结局,如果看到女儿现在的样子,她肯定是死不瞑目。听说出殡那天,送韩琴母亲的灵车走到半路时,车轮胎突然瘪了。当时路上没有任何障碍物与锋利的东西,送葬的人们感到很蹊跷。当时,一位老者嘴里念叨了一句:"韩琴的母亲不想走啊。"送葬的人听到老人这句话,不再吭声。现在大伙心中明白,灵车的轮胎瘪了,只好抬着寿棺去墓地。

十几个年轻人上车准备抬棺起身,这时,在后面的不远处,开来了一辆警车,开着警灯但没拉警笛。警车开到附近停了下,韩琴从警车里走了下来,眼前的一切让她恍然大悟:母亲已经去世了。看着灵前哭天怆地的弟弟和悲痛欲绝的父亲,韩琴瘫坐在地上叫了一声"妈妈"后,就昏厥了。

凛冽的寒风刀子一般割着送葬人的脸,荒滩上的野草在风中左右摇摆,枯黄的草叶卷着黄土漫天乱飞,人们艰难地往墓地走去。跟在送葬队伍后面的韩琴,跟跟跄跄地向前走着,她不知道自己在干什么。

下葬之后,是亲人瞻仰逝者最后遗容,韩琴看到寿棺中躺着的母亲,好像睡着了,慈眉善目,微闭着眼睛,嘴角略带着微笑。母亲累了,只是睡着了,韩琴想。

当人们往墓坑填土时,韩琴猛地惊醒了,她抱着埋葬母亲寿棺的人的腿,一边撕心裂肺地哭着,一边苦苦哀求,在场的人无不动容。

不一会儿,一堆新土堆起的坟墓横在姐弟俩的面前,韩琴知道再也见不到母亲了。大伙收拾着东西准备回家。

"姐,咱们回家吧。"弟弟用手拉了一下姐姐。

听到弟弟的话,韩琴猛然醒过神来,她抬起头朝身边的两位便衣警察员看了看,抱起弟弟痛哭起来。

韩琴不能回家,她是犯人,今天她回来给母亲送葬是经过上级主管部门批准的,弟弟怎能知道这些。

"尕娃,你先回去,好好听爸爸的话。"韩琴泣不成声。

"哪你呢,姐,你还要上学吗?我们放假了,你们学校还没有放假?"弟弟用疑惑的目光看着姐姐。

"姐姐已经不上学,姐姐犯法了。"

听到"犯法"两个字,弟弟明白,姐姐没有自由了。

　　"那你跟他们说一下,你在家陪我一段时间,我害怕,我想妈妈,想与姐姐住在一起。"弟弟想得到姐姐的爱呀。

　　公安民警看到眼前的情景,心里很难过,但是他们在执行公务,没有办法,两人把韩琴拉上了警车。

　　弟弟不让姐姐走,在与姐姐撕扯中哭昏了过去⋯⋯

第六章　我要飞得更高

王国维的《人间词话》中说：
古今之成大事业、大学问者
必经过三种境界：
"昨夜西风凋碧树，
独上高楼，
望尽天涯路。"
此第一境也。
"衣带渐宽终不悔，
为伊消得人憔悴。"
此第二境也。
"众里寻他千百度，
蓦然回首，
那人却在灯火阑珊处。"
此第三境也。
过去如此，
现在亦如此。

——卫生委员 陈婧 摘录

一

李小舟是崔振毓的初中同学,两年前他初中毕业,没有考上高中,自己不想复读,只好去南方打工了。

起初,李小舟年龄小,对生活没有明确的目标,在城里打工没有思想负担,有时他还庆幸自己不上学,没有学习的压力,反而感到轻松。

李小舟刚到南方时,在一家建筑工地当小工,每天挣五六十元,能挣钱养活自己。当时,他一门心思挣钱,三四个月也能积攒几千元,当他把积攒的钱邮寄给父母时,心里很有成就感。

偶然的机会,李小舟改变了自己的看法,他认识了建筑工地上的工程监理小王,对自己的境况有些汗颜。小王比他大几岁,是工地上的监理工程师,平时他只是到楼上转几圈,月工资六千多元,相当于李小舟三四个月的工资;工程一方专门为他准备了办公室,里面配备老板桌、老板椅,安装上空调,他与项目经理在一块吃饭,饭的质量就不用说了。李小舟想,自己与十几个民工挤在一起,夏天蚊子咬得睡不着觉,吃的是大锅饭,饭菜质量一般。这就是人与人的差别,他的心里产生一种失衡感。

在后来的了解中,他知道小王是理工大学毕业,学的是工程监理专业,大学毕业之后,被分配到省建筑公司,从事现在的监理工作。想到这些,李小舟开始后悔当初自己没有好好读书了。

李小舟的心里另一种失衡源于城市中那些奢侈的享受。

夜幕降临,每当李小舟看到那些开着小车、穿着讲究、打扮时髦的俊男靓女出入高档饭店或娱乐场所时,他心里很自卑,恨自己没有生在城市之中,抱怨自己的父母不能为子女提供优越的生活环境,但他更恨自己没有好好读书,对他初中毕业时的鲁莽抉择深感懊恼。

建筑工地上的活太累,李小舟干了一段时间后,心里有种厌烦的感觉,便辞掉了工作。

在城里找工作,非常困难,苦力活,要求不多,他不想干,稍微好一点的工作,厂家条件要求高,他又达不到招聘的条件。他找了好几家单位,都没有如愿,心中很是沮丧。

万般无奈之下,他想回家重新读书。可是考虑到自己的学习基础太差,害怕回去读书学不懂,他又放弃了读书的想法。

后来在老乡的帮助下,在一家机床厂找到一份工作,当学徒工,工资虽然少了一点,但比起在建筑工地上干水泥活轻松些。

操作机床也不是一件容易的工作,对于产品的图纸不会看,有时师傅的讲解他听不懂,也不敢多问。此时的李小舟心真怀念上学的时光,后悔自己没珍惜学习的机会。

记得在上初中时,顽劣的他经常受到老师的批评,对于老师苦口婆心的教导他不但听不进去,还嫌老师专门找他的茬儿。在一次英语课上,李小舟与同桌说话,英语老师让他站起来听课,他不肯,被老师批评了几句。对此,他很生气,认为老师抓住一点小事不放,之后便故意与老师作对起来。每当英语老师提问,他故意答非所问,引得全班同学哄堂大笑,让英语老师下不了台。哎,真后悔啊,如果现实生活有卖后悔药的就好了,他会不惜一切代价去买的,可惜没有啊!

现在,李小舟只能面对残酷的现实了。渐渐地,李小舟下班之后,不再去大街上闲逛悠,而是蹲在宿舍里学习看书,充实一下自己。不过,现在看书,不管自己如何用功,都没有上学时老师在课堂上引导效果好,可他没有放弃,想通过学习提高一下自己的综合素质,为以后的工作生活创造较好的条件,他还报名参加了厂里的业务技能培训班。

现在李小舟更忙了,白天在厂里上班,晚上到厂里培训中心去上课,回到宿舍还点灯奋战。学累了,李小舟想起初中好友崔振毓,他鼓起勇气拿起笔写了下面的信。

崔振毓:

见信如见面,近来学习可好?转眼之间,你已经升入高三,首先祝你学习快乐,希望你能考上一所理想大学。

步入社会两年多的时间,我成长了很多,由原来步入社会打工的欣喜(认为以后不再为学习犯愁),到困惑,再到无奈,最后我适应了社会。在这两年的时间里,我最想说的是:假若时光能倒流的话,我宁愿选择上学,也不愿打工。

都说现在社会好混,只要肯吃苦,就能填饱肚子,还能"周游"各地。可是如果作为一名农民工去混,只能做到填饱肚子。我并不是说农民工没本事,农民工也有干大事情的,但那毕竟是少数。

我在外打工两年,也挣了几千元钱,可是这些钱挣得很不容易。以前我在一家建筑工地打工,每天干十几个小时繁重的体力活,一天下来,腰酸腿痛,晚上都不敢翻身,第二天还不是照样去上班。在建筑工地上,我认识了一位工程监理,比我只大几岁,可他一个月能挣六千多元,干的活很轻松,只是在楼层打顶的时候上去转一圈儿。什么原因呢?因为他是大学生。

刚开始,我生气地想,他不就是比我多念几年书吗?老天却让我们一个在天上一个在地上,真是太不公平了。此处不留爷,自有留爷处。我辞职了。可是换一个单位,一看我初中毕业,受到的"礼遇"与前面的一样。碰了几次壁,我才醒悟过来:都是自己没有好好念书的结果,还能怨谁呢。

为了改变现在的境遇,在打工之余,我开始看书学习想提高自己的文化水平。可是,这里的住居条件差,六七个人挤在一间房子里,想安心学习,根本不可能。真怀念学校安静的学习环境,真怀念有老师的讲解与辅导的课堂……

老同学,你的前途光明,今年要高考,希望你能把握好自己,在学习中不管遇到怎样的困难,都不要轻易放弃,千万不要学我。咱们都是来自农村的孩子,要想体面地走出大山,读

书是唯一的出路。

　　高三学习挺紧张,请你注意好自己的身体。

　　　　　　　　　　　　　　　顺祝:心想事成!

　　　　　　　　　　　　　　　　　好友:李小舟

　　崔振毓看完信后,感慨颇多,他感到身上的担子更重了,一定要好好学习,不能辜负大家的期望。

二

　　模拟考试过后,王老师让学生写考试总结,大部分同学都写得很认真,反思深刻。但是班里有一位同学交上来一张白纸,只有背面写了一句话:"老班,有时候,交白卷也是一种勇气。"

　　王老师看后很生气,学生敢戏弄老师,太不像话了,一定要查清楚是谁写的,并严肃处理。

　　可是后来一想,处理问题不能太贸然,不如先问其他老师对此事有什么看法。

　　一次集体备课时间,王老师把这件事情提了出来。

　　"前一段时间,我让学生写模拟考试总结,班上一位同学交上来一张白纸,只在背后写了一句话说交白卷也是一种勇气。不知你们听后有何感想?"

　　"现在的学生,确实太懒。"张老师感叹。

　　"老王,那你打算怎样处理?"对面的李老师问。

　　"我不是正在征求大家的意见嘛。"

　　"查出来之后一定要严肃处理,简直是对班主任的一种蔑视。"罗老师说。

　　"罗老师说得对,你要是对此事处理不当,班里的同学怎样看你这个班主任,以后的班级该怎样管理?"陈老师说。

"我考虑主要是班主任在班中的威信问题。"雏老师插嘴说。

老师们你一句我一句地谈论着。此时,只有王老师旁边的许老师不吭声。小许是去年刚毕业的大学生,与现在的学生有着共同的心理。

"小许,对这件事你有什么看法?"

许老师看着王老师,笑了笑说:"这名学生写的考试反思,确实让人生气,应该接受批评。但是,我有一点看法,不知道对不对?此事应该调查清楚这位同学写这种反思的真正原因是什么。"

"还用说吗!这个调皮学生明摆着在欺负班主任。"陈老师气愤地说。

"那不一定,现在的学生思想开放,要是他是无意的呢? 这样的反思有几种情况。"许老师说。

"你说说看。"王老师想听听小许的看法。

"第一种情况,是大家刚才说的,这名学生可能存心欺负老师,自己考得不好,又不想写反思,像这样的学生应当被严厉批评。第二种情况,这名学生可能考得很好,或者考得很差,认为没有必要写反思,不想写,对老师没有任何蔑视,像这样的学生,不应该给予太多的批评。第三种情况,这是名爱表现的学生,想引起班主任的注意,他也没有恶意。我认为这名学生是标新立异,应当表扬。"小许一口气说了这么多。

王老师听着小许的分析,觉得有点意思,刚才的火气消了些。这份反思没有写名字,肯定有一定的来头,下去之后他要认真查清。

王老师默认了许老师的想法。他对照花名册查了一下,竟是一位女生,并且考试成绩在班里比较好,王老师惊呆了,还是年轻人的思想与时俱进啊。要是以前的他肯定到教室先把这个学生痛骂一顿,然后让这位同学作深刻的检讨。王老师真是庆幸自己没有这样做,否则又不知道惹出什么乱子来。

事隔几天之后,王老师找借口把这位女生叫到办公室。

"李铭娜,你知道我叫你干什么吗?"

"知道,是因为模拟考试反思吧。"

"你怎么知道因为这件事?"

"因为我没有按照您的要求去写。"

"你承认模拟考试反思写得不好?"

"不但不好,可能还惹您生气了。"

一听李铭娜这样说,王老师心下一惊,有点和学生斗智斗勇的感觉。

"现在你知道这件事了,老师问你,为什么态度不端正?"

"我没有态度不端正呀。"李铭娜立即正声说道。

"反思不好好写,还说态度端正?"

"我的反思在我脑海里写得非常好,对于我的考试成绩,我已经做了深刻的反思,并且在努力改正我的缺点,吸取经验教训,认真学习。"

"你为什么不写在纸上,难道对我有意见?"

"王老师您误解了,我对您没有意见,我只想让你关注我。"

听到此话,王老师惊愕了,没想到李铭娜的想法与许老师的想法不谋而合。

看到王老师的表情变化,李铭娜解释说:"这次模拟考试,我虽然考得不太好,但也不能算太差。前几天,您在班会上,只表扬了550分以上的同学,批评了班中的后几名同学,而对我们这些考试成绩一般的同学只字不提,不知道其他同学是怎样想的,我的心里不舒服。"

王老师听着李铭娜的解释,心中有点惭愧,她是班里的第十九名,考了548分,对于像她这样的同学他真是忽视了。

"噢,我没有意识到这一点,像你们这样的同学只要保持就行了,老师向你们道歉。"

"今天,不是我抱怨老师,您要是对离550分近一点的同学适当给予鼓励,一定能增加他们的学习自信心的。"

王老师觉得李铭娜说得有道理,平时他总是把精力主要放在"好学生"的精心培养和"差生"的转化工作上,对于大多数"中间"学生往往关注不够,使这些学生身上萌发出来的闪光点处于"自燃自灭"的状态,失去有利的教育时机。他知道,班里的很多"中等生"一旦得到锻炼的机会,表现出他们的智慧与才能时,他们一定是班级中不可低估的积极力量。那么,为什么他没有及时发现许多"中等生"的闪光点呢?主要原因是对这些既说不上好、又说不上差的学生,往往被他"两头带中间"教育方法给"带"了过去。

教育工作是一项极其细致复杂的工程,每个学生具有各自独立的精神世界,必须细心地教育每一个受教育者。"学校的最重要任务之一,是坚持不懈地让全体学生得到最大限度的发展"。心理学上的"教师期望的效果"的实验也证明了,教师对学生的期望不同,会相应产生不同的效应。

三

一次偶然的机会,王老师发现了王圣伟写的高中生活感言很有意思,内容如下:

> 转眼三年时间快要过去,临近高考,为调解一下紧张的情绪和精神状态,老班非要我们这些"懒虫"给他写什么高中的体会,说是要了解一下大家三年的思想和想法。老班也不想想,学生内心的想法怎么可能告诉老师呢。虽然快要毕业了,学生要说也是表面的。
>
> 以前的想法暂且不说,就说说最近这几天的事情吧。哎,今天早上没有按时起床,结果老班查宿舍,把我"请"去了,"招呼"得不错:一顿臭骂。什么前途呀、命运呀、关键时期呀,又是老调重弹,听得我耳屎都快出来了。不过老班"瘦人"大量,最后还是放了我一马,没有按老"规矩"办——请出教室反思。就这点,我恨不得跪谢了。

昨晚看的小说《坏蛋是怎样炼成的》，说实话，描写一般，但故事情节我喜欢。这一看看到了半夜，早晨和被子"缠绵"了一会儿，没上成早操。结果被老班"捉奸在床"，人赃俱获。哎，老班的侦查技术最近都超过福尔摩斯了，我都想举"脚"投降了。

老班说，想想听听大家的内心想法，鬼才说呢。因为谁不知道，每当你把真心话告诉最信任的老师时，而他却把它当笑话告诉别人。我虽学习不好，但这一点防范意识还是有的。反过来，试问一下，天下的哪一个老师愿意将自己内心的想法告诉学生呢？我承认，由于年龄差距，老师和学生之间不可能有平等的交流，但是老师们若是能放低姿态和我们真诚交流，我们还是可以说自己的想法的，好的，坏的，苦恼的，高兴的，都愿意分享。可是，我们的老师，不是成绩就是分数，动不动就搬出这个"千斤顶"来往我们身上砸，谁敢说什么？

我的性格内向，但是会和别人交流，前提是那个人是我喜欢的类型。我有时对班里那些势利眼很看不惯，但我没有什么办法。我想，走自己的路让别人笑去吧。

有同学说："高一学习的是'傻逼'，高二不学习的是'傻逼'，高三'傻逼'都知道学习了。"对于学习，我没有放松过。虽然人生有时像拉大便，即使你努力了，只放了一个屁。但我不会放弃，因为青春就是疯狂地奔跑，然后华丽地跌倒，爬起来，再跑。人当志存高远，哪怕被摔得鼻青脸肿，我也想这样跑下去。

说了这么多我，还没有说老班您呢。哈密瓜（老班，您不要误会，这不是绰号，只是我们对您的昵称），因为您平易近人和老顽童的形象早已深入人心了，尤其是您说话的语气、神态真是像哈密瓜啊，嘿嘿。其实，我感觉嘛，作为一名男教师多少应该有一点脾气，那才算得上完美嘛。

老班，我知道大家都不会把自己的心里话告诉你，但作为群众，我愿意当一回"叛徒"，把大家的内心独白摘录一二，但你看后绝对不能生气哦（恕我不能直言他们的姓名）。

A："念了十几年书，想起来还是幼儿园比较好混！"

B："数学不及格？正常！你上街买菜用得着函数吗？"

C："最幸福的事莫过于趴在桌上等上课，一觉醒来，放学了。"

D："从小学到高中，我唯一不变的就是一颗不想念书的心。"

E："不论你是谁，不论初中高中，在老师口中我们总是近几年来最差劲的一届。"

F："真希望会有一场大大大大的洪水，来把学校淹了。"

G："曾经，我们是祖国的花朵，茁壮成长。如今，我们是祖国的红杏，集体翻墙逃课。"

H："做人要低调，读书要高调，所以老班一直在强调。"

I："深夜了，老班，我突然想要学习，可惜停电了，当我找到蜡烛的时候，天已经亮了。"

J："上课盼下课，上学盼放假，我的目标一直都很执着。"

K："老师，如果你再无视下课铃，那么我们就要无视上课铃。"

L："毕业的时候，要在寝室立块碑来纪念我的青春……"

……

好吧，乘此机会，我也贡献自己一首打油诗吧：

高中学习三年，
成绩水平依然；
虚度光阴三载，
忧愁伤心不改。
成绩虽说重要，

难免生搬硬套；

时光错过无奈，

玩乐我的最爱。

我知道你看完这些后可能会生气，不过我想你肯定会放我一马，因为我相信哈密瓜不会变苦的。

王老师读完这篇高中生活感言后，心中真是感慨万千：现在的中学生，思维活跃，思想开放啊，年轻真好。

四

随着高三第二、第三轮复习的到来，由于知识面的扩大，很多学生感到复习无处下手，最终产生焦虑情绪。

第四次模拟考试过后，魏祺的成绩不理想，他心中有点苦闷，开始怀疑自己的智力。他真羡慕班里的杨婷、王吉椿、梅娟、崔振毓等，这些同学平时学习用的时间不多，而考试成绩很好，而自己下的工夫多，可成绩却不理想。

他去找王老师，想与王老师谈谈学习方法的问题，诉诉心中的苦闷。

"王老师，我平时学习，花费的时间比别人多，为什么考试成绩总上不去呢？"魏祺开门见山地问。

"你的学习态度很端正，一次考试不好不能说明什么问题。"王老师宽慰他说。

"几次考试了，我都没有考好。"

"要想把成绩考好，除了认真学习外，上课还要注意听讲，多动脑筋。"

"上课我没干别的，我认为我是认真听讲了。"魏祺说。

"你课堂上表现很好,上课认真听讲,还要认真思考,你的思路要跟上老师讲解的思路,这是特别关键的。"

王老师所提到这些问题,魏祺平时都注意到了。哎,学习累死人啊。

"我在上课时,老师讲的都能听懂,可是课下复习时,有些问题不知如何去思考,物理、化学最为明显。"

"理科是培养人的逻辑思维能力的,这种能力的培养非常慢,要有持之以恒的精神。不过,你不要有过重的思想负担,只要肯努力,慢慢会学懂。"

"平时学习,看到物理、化学,我有一种急躁的心理,越急越不会做,越不会做越急躁,有时一个晚自习做不了几道物理题,就稀里糊涂地过去了。"

"你说的这种情况大家都有,主要是没有静下心来。学习需要心静,静能生慧,在学习中不能操之过急。一个晚自习,如果你一直看时间,说明你没有认真学习。"

"王老师,你说得有道理,有的晚自习,我感觉时间短收获却大,有的晚自习时间长偏偏收获小。"

王老师接着说:"所以说,培养心静很重要。题会做不会做,都不要急躁。不会了,坐下来静心思考,或者向同桌请教,认真总结做题经验,成绩肯定会提高。"

"我真羡慕那些平时学习不太刻苦,但智商很高的学生。"

"像你说的这种学生虽然有但很少,每一位同学要想考出好成绩,必须付出辛勤的汗水。智商上的差别是有,但他们不像你说的那样,平时不刻苦学习,还能考出好成绩。像咱们班的杨婷、梅娟、王吉椿等,他们学习相当刻苦,每天早上五点钟起床,在校园里背书,晚上熄灯以后,他们还在各自的宿舍里与其他同学一起讨论学习问题。"

"智商有一定的优势,但是,后天的努力十分重要,在成功人士中,有百分之八十的人靠努力实现自己的理想。只有百分之二十左右的人靠智商,但仍需要努力。所以在平时的学习中,不要去羡慕那些百分之二十的学生,多想想那百分之八十的学生在求学路上苦苦探索时的情景,心理上的负担就没那么重了,笨鸟先飞也能达到成功的彼岸。"

对于班主任的观点,魏祺赞同,以前他在学习中急于求成,在复习时一遇到不会做的题,心里急躁,非常苦恼,所以模拟考试成绩一直不好。

魏祺在学习中经常给自己定目标,比如一个晚自习要复习哪些科目,要做几道题都有详细的计划,今晚的学习任务完成了,非常高兴,完不成,情绪低落,有时还会影响到第二天的学习。定计划没有错,但过于细致的计划是一种负担,容易被负面情绪左右。

在高三冲刺阶段,必须放下思想包袱,轻轻松松学习,学习不能没有目标,但也不能天天确定目标,人生的规划也不是越细致越好,只要符合自己的要求就可以。

五

岳秀宁是班里很文静的一名女生,平时很少说话,做事非常认真,因为成绩一般,班里同学很少注意她。

说起岳秀宁的学习精神,全班同学没有不佩服的,但她考试成绩一般,难免有人说风凉话,说她的学习叫死学,没有什么效果。

岳秀宁听到这些话,心中很苦恼,她抱怨自己脑子笨。学习苦恼时,想打退堂鼓,偶尔也放松几天。可是,一旦放松,她心里又很难受,满脑子都是父母在地里耕作时的情景,想着想着她会伤心流泪。自己努力学习了,成绩虽不理想,心中感到踏实;而放松学习,是在亏欠父母。理智让她很快振作起来,投入到忙碌的学习之中。

对她的学习态度,起初班里的同学比较在意,后来慢慢习惯了。

付出了就有回报,这句话在后来居上的岳秀宁身上印证了。考试时,题要是简单一点,她的成绩能考得很好,有些同学在吃惊的同时,又在说风凉话,那是因为题简单,难题考出好成绩那才叫真本事呢。岳秀宁听到这些不服气的话,她嘴上不说,可是心里会反驳:别吃不上葡萄说葡萄是酸的,你们好好去羡慕吧!那时,她心里很自豪。

岳秀宁虽不善言谈,但心理素质比较好,平时在班里遇到问题,她会镇定自若。考试成绩差了,即使心里很沮丧,但从不表露在脸上;考试成绩好的时候,也不像其他的学生会沾沾自喜。

岳秀宁这种表现是有原因的。原来她是择校生,曾交了五千元的择校费。一想起这笔钱,她心里很自责,父母平时省吃俭用,但给她交择校费时十分慷慨。特别是父亲的一句话,让她感到莫大的鼓励:"只要你喜欢读书,掏多少钱爸都愿意。"上了高中后,这句话成了她的座右铭,所以她要比其他同学成熟一点,遇事宠辱不惊。

还有一件事让岳秀宁铭记在心,当时父母为了让自己上高中,四处托关系,后来找到一位领导把名报上了。为了感谢这位领导,母亲从家里碾了一袋子大米,领导家住在五楼,当时她想与母亲两人抬上去,可是楼道不好走,母亲干脆自己把一袋子大米背了上去。背一大袋子大米爬楼,强壮的男人都会吃不消,何况一个弱小的女人。每当岳秀宁想偷懒的时候,她会警告自己:母亲为了自己爬过了一生最艰难的五楼,而她也该为母亲迈出一步。

自己的脑子笨,反应迟钝,岳秀宁在初中学习时已经意识到了。但她肯于吃苦,不怕吃苦,她相信老天不会亏待每一个人。就凭着这种信念,她学习争分夺秒,每天早上五点钟起床,在学校路灯下背书,坚持不懈。晚上,学校虽然十点钟熄灯,而她在熄灯之后也不马上入睡,而是把白天学习的各门功课像放电影一样在脑中过一遍,这需要半个小时。这样,她每天要比别人多学一个多小时,晚上回忆不起来的内容或比较模糊的概念,她会在脑中特别识记。第二天早上,把相关内容迅速翻阅一下,以加深记忆,她是靠这种勤奋的精神赢得好成绩的。

高一时可能因不适应高中的教材内容,考试成绩很差。升入高二的之后,岳秀宁也不是很突出,但成绩有所提升,给她的学习带来很大

的动力。为了提高学习成绩,锻炼胆量,岳秀宁上课经常举手发言,她认为这样可以提高自己的应变能力、综合素质。有时,她课堂上回答问题招来同学们的嘲笑,说她爱表现,自不量力,但她没有因别人的嘲笑而停止,反而更加积极。

功夫不负有心人,升入高三,她的学习精神状态很好,原来高一、高二比较难懂的化学、物理知识,通过第一轮的复习,她都能理解,考试成绩有了较大的提高,这让她信心大增,性格也开朗了很多。别的同学感觉高三的压力大,岳秀宁经过循序渐进的复习,反而比较轻松。

考试成绩的好坏,智力因素重要,非智力因素也重要。有些学生平时学习成绩很好,但在大考的时候,会出现失眠、紧张、焦虑的不良反应,导致考试成绩不理想。岳秀宁在长期的"死学"中,已经磨炼出了坚强的意志,在小小的进步中建立了强烈的自信心,有一种"天生我才必有用"的信念,成了一名"烤熟"了学生。这大概是她考试成功的秘诀之一吧。

六

与岳秀宁相反,班里的学生张瑜却是另一种情况。

进入高三,张瑜学习上没有进取心,由于他在高一、高二过于贪玩,成绩很差,现在没有学习目标,学习缺少一种动力,他的想法是混一天算一天。对于张瑜的"无为"表现,家长不知道。三年来,家长与班主任也没主动交流沟通过。

父母把考学的希望寄托在张瑜身上,张瑜在高一、高二时考过好成绩,但他的成绩是靠作弊考出来的,学校虽然对学期大考都作周密安排和精心组织,但学生的考试作弊还是屡禁不止,张瑜考了两次"好成绩"全靠坐在他身边的优秀学生。父亲得知儿子的"好成绩"心中非常高兴,认为儿子考上大学不成问题,可他的成绩"来路不正"。

高考临近了,张瑜不好好上课,经常进网吧消遣时间,昨天被王老师逮个正着。对于王老师的"突然袭击"，他早有准备。

"我给你说过，我上网吧是查资料去了。"他振振有词地辩解道。

"别在找借口了，你说查什么资料？"王老师直截了当地问。

"查作文，语文老师布置的。"

"语文老师布置的作文是让你写的，难道说让你抄吗？"

"抄也不犯法。"

"你口口声声说上网查资料去，你说你查的作文题目是什么？"

"我忘了……"

"胡搅蛮缠，你上次、上上次也说上网查资料，你每周都进网吧，难道说都是查资料去了？"王老师气呼呼地问。

张瑜没有辩解，但他一脸的不服气。

王老师看他那副傲慢的样子，既痛心又感到无奈，准备打电话通知家长。张瑜一看老班要通知家长，顿时心虚起来。

"王老师，这次我爸爸过来，请你不要把我以前的事情告诉他，我不想惹他生气，以后我不进网吧了。"

对于张瑜的保证，王老师听得太多了，没有一次能坚持一周的。王老师这次显然要动真格了，对于张瑜的恳求，他没有理会。

这件事情之后，张瑜有一段时间没进网吧，但他已经没有心思学习，仍在混日子。其实，对张瑜的行为以前王老师就很头疼，多次找他谈心都无济于事。告知家长，他的父亲一点也不相信，说张瑜在初中时是班里前一二名学生，是初中班主任很看得起的学生。初中优秀的学生，上高中之后跟不上的多得是。家长，对自己的孩子都有一颗私心，这颗心有时候将孩子会送上歧路。王老师在心里暗暗叫苦。

一天早自习，张瑜没有到班上早读，王老师到宿舍去找，果然他正在宿舍蒙头大睡。

王老师顺手把被子掀开，打了他两下："你咋这么个学生？同学们都在紧张地复习迎接高考，你却在呼呼大睡！"

不知是老班打扰了他的美梦，还是他睡昏头了，他竟然红着眼睛

对王老师吼道："你以后少管我！"说完又蒙上被子。

这一吼，吼得王老师也火冒三丈，他掀过被子，不由分说地朝张瑜光着的身子上打了两巴掌，并用同样分贝的声音吼道："你是高三(7)班的学生，我必须管你！"

年轻气盛的张瑜对班主任的举动气愤至极，他一骨碌爬将起来，一边吼道："我今天就是不到教室上课，你少管我！"一边胡乱地穿上衣服，怒气冲冲地出了宿舍，留下气得一句话也说不上来的王老师。

张瑜三天没来上课，也没有回家，在外面蹲了三天。这三天他干了些什么没人知道。王老师本想督促他站好高考的最后一岗，平时他虽学得不好，但临阵磨刀三分利，说不定后面加一把油还能考个补习线。可他非要顶嘴，让王老师"大开打戒"，他自己反而更加堕落。

一周时间过去了，张瑜的心态还没有调整过来，王老师有点于心不忍，把他叫到办公室来。

"张瑜最近功课复习得怎么样？"

张瑜知道这是班主任故意跟自己套近乎，漫不经心地说："不怎么样。"

"我知道，现在让你大幅度地提高成绩，有点不现实，但是你也得继续努力呀。"

"对于今年的高考，我已经没有信心了。"

"你的这种想法错误，老师说句不中听的话，难道你明年不想复读了吗？"

"我没有考虑那么多。"

"这是你必须考虑的问题。"班主任王老师追问。

"想复读。"

"这就对了，就是今年考不上大学，你现在努力对以后的复读是有好处的。"

王老师苦口婆心地劝着，张瑜有所触动，口中火药味渐渐弱了。但他的思想已经松懈了，今年高考没情况，明年再说吧。

"你现在的学习,不光是为你自己,还要想想父母,父母供你读书不容易,假若你高考只考二三百分,怎么给父母交代?"

听到老班这句话,张瑜眉头微微一皱。是啊,假若高考考二三百分,自己怎么给父母解释呢?

班主任看到他有所顾虑,又安慰了他几句,让他回到教室上自习去了。

七

近一段时间,罗淑霞的情绪坏透了,张晓莉帮她请了两天假,说她不舒服,躺在宿舍里休息。王老师相信了张晓莉的话,批了请假条。

罗淑霞情绪不好的原因是聂建与她分手了,她认为聂建欺骗了她的感情,还背叛了她。

两天过后,张晓莉再次给罗淑霞请假,这引起了王老师的注意。

"罗淑霞又要请假,她怎么了?"

"感冒了,头疼得厉害,在宿舍休息。"张晓莉回答。

"感冒了,看大夫没有?"

"看了,大夫开了些药。"

"不行的话,我把她的父母叫来,到医院检查一下,看有没有其他方面的疾病?"

张晓莉一听班主任要给家长打电话,急忙说:"王老师,不必叫家长,她的感冒快好了,明天就可以上课。"

"那好,今天晚自习你去陪她,她一个人在宿舍里有点孤独,顺便照应一下。"

"嗯。"张晓莉看一眼老师,害怕他看出什么破绽。

回到教室,张晓莉拿两本书,去了宿舍。

张晓莉回到宿舍,罗淑霞问张晓莉:"你怎么没上晚自习?"

"老班准假让我来陪你。"

"没事的,你去教室学习去吧。"罗淑霞说。

"明天你准备上课吗?"张晓莉问。

"不上,到教室也没心思学习,不如躺在宿舍里。"

"刚才老班问你的情况,我撒了谎,老班说你如果病不好的话,准备给你父母打电话,让他们带你去医院检查病情。"

"是不是老班听到什么风声了?"罗淑霞惊奇地问。

"刚才从老班的话语中,好像没有,我给老班解释,说你明天感冒就好了,能到教室上课。"

"那我明天只有到教室上课了,不然的话,老班真的给我爸妈打电话,我该向我爸妈怎么解释?"

"分手这件事,你用不着那么伤心,分手就分手吧。聂建有什么了不起,那是你罗淑霞,我张晓莉还看不上他呢。"

"感情这东西太奇怪了,我也说不清楚聂建那一点吸引了我,但我对他有一种特别的感觉。"

"你们现在分手也好,他那样的负心郎,还值得去爱?咱们是来学习的,又不是谈对象的,免得以后耽搁学习。"

"说的也是,这几天我试着摆脱阴影,想振作起来,可是没办法呀。"

"那家伙太花心了,幸亏你们分手早,要是分手迟的话,把你害惨了。"

听了张晓莉的这些话,罗淑霞的心里轻松了,像聂建这样的人终究靠不住,他们两人接触两三个月的时间,他就移情别恋了,这样的人以后怎能信任?最可恶的是他做错了事,还油嘴滑舌,死不承认。

"你不要太伤心,那家伙靠不住,现在应该多想想他的缺点,赶快把他忘掉。"张晓莉劝道。

"他以前为什么对我那么好?其实我的心早已被他俘虏了。"罗淑霞还是有些不甘心地说。

"那是男生骗取女生信任的小把戏,不然的话,你平时对他能那么服帖吗？"

说到这里，使罗淑霞想起了过去两人朝夕相处的日子，聂建长得潇洒，会表现，很讨女生的喜欢，但他学习成绩一般，这正如张晓莉所说，她还看不上聂建呢。

情人眼里出"西施"啊，在罗淑霞的眼里，聂建就是她魂牵梦绕的白马王子。

罗淑霞的事情还得从头说起。

前两周的星期一晚自习后，罗淑霞和张晓莉到校门外烧烤店买夜宵，当她们快到摊点时，罗淑霞远远地看见摊点前有一对男女生在说笑，从他们亲密的举止可以判断是一对恋人。出于青春期的好奇和敏感，罗淑霞仔细看了一眼，这一看不要紧，看完后她竟然失声喊了一声："啊！"然后捂着嘴扭头就往学校里跑，搞得张晓莉一头雾水。

张晓莉随后追了上去，罗淑霞气喘吁吁地说："刚才烧烤摊前的那男生是聂建。"

"不可能，你们两个关系平时相处不错，他怎能背叛你呢？"张晓莉说。

罗淑霞也希望刚才看到的不是真的，可男生明明就是……说实话，就是聂建化成灰她都认得。急性子的张晓莉早已忍无可忍，她拍拍罗淑霞的肩说："你等着，我去证实一下。"说完一股风似的跑出校园。

张晓莉跑出校门，径直走向那烧烤摊，走近一看，果然是聂建，他正与一位女生一起吃烧烤呢。回来之后，她向罗淑霞讲了看到的情景，罗淑霞心里空荡荡的。

几天之后，罗淑霞找到聂建，要他解释前几天晚上的事情。

"星期一晚上，你和谁在一起吃烧烤？"

"没有啊，我在教室里。"

若不是张晓莉证实，罗淑霞真会相信他的话。

"真的没去？"她强压着怒火问。

"没有。"聂建一本正经地回答。

"我明明看见你与一位女生亲密地在一块吃烧烤,还不承认。"

聂建一见事情败露,辩解说:"和同学一块吃烧烤怎么了?"

"你不是刚才说在教室里吗,现在咋承认了?"

听到罗淑霞这句话,聂建不想再辩解,扬长而去。

"小人,伪君子……"罗淑霞怒不可遏地骂了一句。

刚开始罗淑霞想,她去问一下聂建,如果他承认并道歉,事情就算过去了,说明他聂建心中还装着自己。可是事情过了几天,他不但没有来道歉,反而还躲着她。这让罗淑霞犹如跌进万丈深渊,意识到自己被欺骗了。又过了几天,罗淑霞看见聂建与一位女生一起出出进进,她的心彻底凉了。她本想找一个机会狠狠地把聂建臭骂一顿,可被张晓莉劝住了。死活也想不通的罗淑霞请假在宿舍里躺了两天,不思茶饭。青春期的少男少女对感情是单纯的,在他们的心中,神圣的爱情来不得半点的亵渎,也不能有半点的瑕疵。

今天晚上,两人聊了很长时间,罗淑霞的心情好多了,她想明天去上课吧,应该面对现实,老在宿舍里耗着不是办法,到教室上课,说不定情绪会好些。但她有些思想包袱,明天到教室上课同学们取笑她该怎么办?

张晓莉扑哧笑出声来:"别自作多情了,同学们不会的。"

"真的,难道同学们没有议论?"

"议论啥,马上要高考了,复习功课把大家整得焦头烂额,哪有时间议论你这烂谷子陈芝麻的小事。"

听着张晓莉轻描淡写地说着,罗淑霞稍微淡定了些。

事实上,罗淑霞多虑了。她的这件事情,不要说本班的同学没有议论,就是同宿舍的同学也没人谈起。现在大家争分夺秒呢,谁还有心思管她的事。

正如张晓莉所说,第二天早上,罗淑霞到教室上课时,大家似乎没发现她请假两天一样。坐在教室里,罗淑霞看着同学们专心地学习,她后悔了,大家都在为自己的前途奋发拼搏时,自己却为可怜的感情躺在宿舍里生闷气,这怎能对得起自己的父母?要是父母知道了自己在学校的表现,肯定会伤心的。

罗淑霞在忏悔,泪水悄悄流出了眼眶。不能这样消沉下去,否则会毁坏了自己的前途,辜负父母的期望,要克制消极情绪,让自己振作起来,重新找回从前那个自信刻苦的自己。她心里暗暗地想。

后来,班主任知道了事情的来龙去脉,对罗淑霞进行了一番开导。

能在较短的时间内,从感情的旋涡中走出来,需要一定勇气。罗淑霞与聂建的事情,她快刀斩乱麻,重新振作起来,投入到了紧张的高考复习之中。她的这种果断不是一般人能做到的。

八

高考临近,杨婷比以前起得更早,心中的紧张感有所增加,越是学习好的学生,越有这种感觉。

今天早晨,她第一个到教室。与往常一样,她先收拾了一下零乱的桌箱,把英语课本拿出来,稍微静一下心,随后开始早读。可当她打开英语课本时,发现里面夹着一封信,她心跳加快,凭着青春期的敏感,她断定是一封情书。此时,她赶紧抬头朝四周看了看,发现没有别的同学,才抖抖索索地把信打开。果然不出她所料。

杨婷同学,你好!

爱与被爱都是一种权利,只不过是接受不接受而已。在人生的道路上,我愿与你携手共进,创造美好幸福生活,共度美好人生,希望得到你的肯定回答。

一个爱慕你的同学

这是谁写的呢?杨婷内心无法平静,脑海里一个个将她能想到的人过了一遍,难道是他?想到这里,杨婷的脸红了。可他平时学习很认真,怎么会走这种"歪门邪道"呢?

这个他是班里的崔振毓。

杨婷为什么猜测是崔振毓呢,因为最近一段时间,崔振毓见到杨婷感到有点不太自然,是那种满含爱意的不自然。

高一的时候,杨婷与王亮有些感情纠结,现在又出现一个崔振毓,她的思绪有点混乱,她不想考虑这些事情,可是躲也躲不开。

杨婷害怕感情上的纠葛,上次与王亮的事情被吵得沸沸扬扬,虽说身正不怕影子斜,但是同学们的议论让她苦恼,很长时间无法安心学习。

这几天,杨婷平静的心犹如一石激起千层浪,爱的涟漪向外荡漾着。崔振毓与王亮不一样。以前她给王亮只是辅导功课,对他没有一点感情冲动。而现在的崔振毓,他为人老实、热情大方、乐于助人、学习认真刻苦,成绩很好,杨婷对于他的爱慕不可能无动于衷。怎么办?

在没有人的时候,杨婷总想读一读那封信,毕竟是自己收到的第一封情书,并且还来自自己心动的男生。

对崔振毓的信,杨婷思考了很长时间。如果她接纳了,从精力和时间上必然会影响到学习,得不偿失;如果不接这个"绣球",崔振毓要么穷追不舍,要么一蹶不振,怎么办?此时,杨婷没有了主见。最后这两种方法都被她否定了。如果拒绝对方,会给对方沉重打击,如果接受后果不堪设想,两种方法都不理智,最好的办法是冷处理,装着事情没有发生过。

崔振毓把信给杨婷之后,心里忐忑不安,一是害怕杨婷当面拒绝,自己没面子,以前的同学友谊难以维持。二是害怕杨婷嘲笑自己"不务正业"。三是杨婷答应与他交往,如何交往他自己也不清楚。像一个听判的罪犯一样,他等着杨婷的宣判。哎,"死刑"也比现在他这种苦等要好,那样他也就死心了。可是,事情都过去两周了,杨婷好像没事人一样的,崔振毓不得不用各种借口安慰自己。他甚至将理查德·弗尼维尔的名言"爱情是一片炽热狂迷的痴心,一团无法扑灭的烈火,一种永不满足的欲望,一分如糖似蜜的喜悦,一阵如痴如醉的疯狂,一种没有安宁的劳苦和没有劳苦的安宁"作为座右铭,抄写在自己的日记中。

杨婷看到崔振毓整日心神不宁,情绪波动很大,她决定找个合适的机会给崔振毓回封信。一次,杨婷以还书的名义把信夹在书中递给了崔振毓。

老同学,近好!

收到你的来信非常高兴。在外读书,同窗的关心是胜于一切精神的安慰剂,整天枯燥乏味的学习使人有点麻木,你的来信让我倍感温暖。

爱与被爱都是一种权利,我无权剥夺你的爱。但是,谁又能预测未来呢?我们现在所做的任何事情都要对将来负责,爱情也一样。由于我们相处时间短,彼此了解不够深,几年之后,如若发现彼此志趣不相投,爱情保鲜期有多长呢?另外,我们即将面临高考,你能保证它不影响我们彼此的学习吗?假若因为它而分散精力考不上大学,谁又保证谁不后悔?我知道你是一个聪明的人,相信你也会同意我的观点。

老同学,我愿意和你做学习上的朋友,多一份友谊,多一份幸运。

崔振毓看完信之后,心里平静许多。在崔振毓的心中,杨婷非常完美,她给人一种自然朴素美,洒脱、稳重、大方,她来自农村,却有着城里人的娇柔之美。这么优秀的女生,他要摧毁她真是太可耻了。车尔尼雪夫斯基说:"爱一个人意味着什么呢?这意味着为他的幸福而高兴,为使他能够更幸福而去做需要做的一切,并从这当中得到快乐。"崔振毓想将这份爱压在心底,等春暖花开的时候让它再绽放。

九

六月对学生来说,既是考验的时节,又是收获的季节,决定他们命运和前途的一年一度的高考就在六月。岳秀宁沉着镇定地走上那无硝烟的高考战场,两天的考试应战,对每一位学生来说都是人生中一次残酷的洗礼,决定命运一刻终于到了。

高考结束以后,岳秀宁估计了一下分数,脸上露出欣慰的笑容,考个二本院校应该胜券在握。

等待是兴奋,也是煎熬,尤其是等待高考分数,简直是要命的煎熬,连一向镇定自若的岳秀宁如坐针毡了。十几天后,高考分数如期公布,她考了538分,高出一本分数线27分,当她知道分数时喜极而泣。

岳秀宁的高考成绩来得太不容易了,三年择校生的耻辱压得她喘不过气来,今天终于可以给父母一个交代了,她能不哭吗?哭吧,将三年来所有的压抑、不快、自责、无奈、不解、懊悔,都通通哭出来吧。

这个成绩在班主任的预料之中,岳秀宁进入高三之后,考试成绩一直在进步。按照正常的推理,她能考上大学,这说明只要肯下工夫,谁都能成功。

岳秀宁的高考成绩,在同学们之间引起了轩然大波。对她学习认真,态度端正,班里同学现在都认可,但对她考出如此好的成绩,有相当一部分同学感到意外。她是高三(7)班杀出来的一匹黑马,一匹勤奋的黑马。可见,命运不会亏待每一位人,付出一定有回报。

高考结束后,而张瑜估计了一下分数,他心里清楚,最多不过三百分,他的思想负担很重,心彻底凉了,他不想马上回家,不知道该怎样向父母解释。

在城里待了几天,他开始后悔自己高中三年没有好好学习,想起劳累的父母,苦心供自己读书,而自己在学校整天混日子,现在他觉得对不起父母。

几天之后,张瑜回到家中,早在家里等待他的父亲问起考试情况,他只能含糊其辞地说几句。

高考以后的张瑜心里既复杂又痛苦。

高考成绩出来以后，张瑜没有急着去查成绩，在父母的再三督促下，他才去了学校。根据张瑜高考后的情绪变化，父亲猜到情况不太乐观。还没等张瑜从学校回来，亲戚学生把张瑜的高考成绩带给了他的父母。

张瑜看成绩回来，准备给父母撒个谎，一进门看到家人沮丧的表情，他忍住了。父亲开门见山地质问："你平时总说你学得很好，高考怎么考这个成绩？"

面对父亲的质问，他嘟嘟囔囔地说："我考数学时出了一点问题。"

"什么问题？"

"因为午睡过头，迟到了二十分钟，数学题没有做完。"

"别扯淡了。"父亲气愤地说。

看到父亲因生气而扭曲的表情，良心上的谴责让他面红耳赤，他沉默了。说实话，他现在很后悔自己在学校吊儿郎当的行为，哎，早知今日何必当初呢？

七月份，是大部分孩子为高考欢欣的时候，却是张瑜人生中最黑暗的时候。此时，他的父亲正在为儿子补习的事情四处奔走。张瑜考了312分，这个分数到县一中补习肯定难进。不让他补习，在家又能干些什么呢？不管张瑜想不想补习，父母都打算让他补习一年，至于结果如何，他们暂不考虑。可补习费该怎么凑？进县重点高中补习又该找谁呢？这两件事情着实让老父亲犯愁啊……

在感情上，杨婷和崔振毓都理智地克制了，崔振毓收到杨婷的回信后，在最后的高考冲刺阶段，他学习更加认真，最后一次模拟考试成绩很理想。

爱迪生说："爱情不会因为理智而变得淡漠，也不会因为雄心壮志而丧失殆尽。它是第二生命；它渗入灵魂，温暖着每一条血管，跳动在每一次脉搏之中。"高考结束后，崔振毓觉得终于可以松一口气了，他决定再写一封信，这一次他要将信亲手交给杨婷。

杨婷同学：你好！

三年的高中生活转眼即逝，首先祝你在今年高考中取得优异成绩，实现自己的理想，圆了父母"望女成凤"的夙愿。

三年中，你是咱们班性格最开朗的一位同学，也是学习最认真的一位同学，凭你的学习精神和态度，今年考上一所理想的大学不成问题。作为咱们班的班长，你给了同学们很大的帮助，也给同学们带来了很大的快乐，同学们都很钦佩你，我当然也不例外。

高中对我们来说非常重要，然而在这关键时刻，很抱歉我却给你平静的学习生活带来困扰，我现在向你郑重道歉，希望你能原谅我的冒昧和自私。

自从给你写了那封信后，我的内心五味杂陈，苦恼自己这种无谓的表达会给你、给我带来可怕的烦恼。但是，我又压抑不住自己内心狂热的爱火，它欲将我焚烧，让我不理智地"铤而走险"——给你写信。

对你的爱慕之心源于刚升入高中的时候，一次班会上你别出心裁的介绍让我耳目一新，到现在我都记忆犹新："我来自偏远山区，名字叫杨婷……"多么朴实而动听的介绍词，多么自信而充满活力的声音，这个声音从此走进我心里，回响在我耳边，甚至激荡在我的梦里。

不知不觉中，我发现自己变了，不再是以前那个活泼开朗的我了，变得多愁善感、郁郁寡欢起来。莎士比亚说："爱叫懦夫变得大胆，却叫勇士变成懦夫。"我不知道自己是不是懦夫，苦恼时我常常将你的名字写在纸上，用这种"画饼充饥"

的方式求得心灵上的满足。

爱情是真实的,是持久的,是我所知道的最甜也是最苦的东西。随着时间的流逝,我心中对你的思恋已到难以抑制的地步,所以才"不择手段"地写了那封信。我感谢你没有用我想象的"极端"方式扼杀我"邪恶"的念头。你的回信让我如梦初醒。是啊,谁能预测未来呢?谁又能预测爱情的走向呢?梁山伯和祝英台不能,罗密欧与朱丽叶也不能,崔莺莺和张生亦不能,芸芸众生中的我更不可能了。

爱如果为利己而爱,这个爱就不是真爱,而是一种欲。何况我不合时宜的爱情既不利己也不为你。其实,你所担心的,也是我所担心的,若感情一发而不可收酿下苦果,我们对得起谁?我坚信列夫·托尔斯说得是对的,真正的爱,在放弃个人的幸福之后才能产生。

读完信后,我发誓安心学习,等到高考以后,一定一吐为快,那时你骂我自私也好,笑我无聊也罢。三毛说:"爱情有如佛家的禅——不可说,不可说,一说就是错。"我不知道,高考结束的第一天我的表白是否错了,但是我非常欣赏罗素的那句话:"惧怕爱情就是惧怕生活,而惧怕生活的人就等于半具僵尸。"曾经,我惧怕自己一厢情愿的爱会影响你的学习和生活,也惧怕它影响我未来的生活,所以我压抑了。今天,我还惧怕什么呢?

听说你高考考得也不错,我考得还算可以,但愿我的这封信不要让快乐的你有负担,你就当痴人说梦罢了。

爱慕你的男孩:崔振毓

杨婷读完信后,对高考前两人的感情问题的处理方法感到庆幸,看来忍一时之忍,真是海阔天空啊。

十一

　　高考结束一周之后，王老师收到一封学生来信，打开一看是韩琴写的。看完信之后，王老师心中很难受，他的心情难以言表。

王老师：您好！

　　事隔已久，才提笔给您写这封信，当我提起笔的时候，惭愧不已，感谢您对我两年多的谆谆教导，只恨自己当初一句也没有听进去。如今，理想和人生都站在现实的反面，太多的忏悔之词充斥在我心中，愚昧无知酿成的苦果，我在狱中饱尝了。"生命诚可贵，爱情价更高。若为自由故，两者皆可抛。"现在，我终于体会了自由对于一个人，一个十八岁的女生是多么重要了。

　　如今，青春的欢乐、青春的憧憬以及青春的一切都因失去自由而与我无缘，一堵高墙把天空分成两部分，墙外是天堂，墙内是地狱。从此以后，天各一方，昔日羡慕的生活，如今变成绝望的墓场，遥望星空，我真想对着辽阔的天空大喊一声：岁月，回来吧！一切让我重新开始吧。然而一切都不能重新开始，我只能从高墙深处呐喊。

　　面对无奈的现实和自己酿造的人生苦果，我有时开导自己，这是命。现在，我只有好好接受劳动改造，争取得到政府的宽大处理，去慰藉母亲的在天之灵，宽慰含辛茹苦养我成人的父亲以及年幼懂事的弟弟。

　　就此搁笔。

祝老师一切顺心如意！

学生：韩琴书于失足监狱农场

　　在瞿磊的盗窃案中，韩琴被判有期徒刑一年。失足的痛苦让她生不如死,在韩琴的心中对自己的过去有一层抹不掉的阴影,学生时的幼稚使自己付出沉重的代价,她对不起父母,一想到这些,韩琴心如刀割。

说起韩琴与瞿磊的接触,是很偶然的事情。刚升入高中的时候,彼此看不上对方,在一块打打闹闹,韩琴的眼光很高,瞿磊在班里表现一般,很调皮,她看不惯他。随着慢慢地接触,瞿磊"胆大心细脸皮厚"的性格,赢得了韩琴的芳心。起初交往的时候,韩琴有点顾虑,她清楚自己的现状:母亲身体不好,父亲累死累活地打工挣钱,她害怕愧对父母。可是"咬定琴山不放松"的瞿磊给她写了很多情意绵绵的信,它正填充了韩琴内心的那些寂寞。于是,韩琴接受了。

两人恋爱后,慷慨的瞿磊会给韩琴买饮料,并当着大家的面给她打开,这让韩琴的虚荣心得到了满足,她也会毫不避讳地将买来的早餐放进瞿磊的桌箱里。高二的第二学期,瞿磊以学校宿舍晚上太吵为借口,在外面租房住。自从瞿磊搬出去后,更无心学习,还养成很多不好的习惯,早上不按时起床,阴天下雨或者下雪,他不去学校。班主任一过问,他总是以有病或闹钟没响为借口。他还学会了喝酒、玩牌、甚至赌博。韩琴有时到瞿磊的住处,看到脏而乱的房间,她不但不生气,还帮他整理收拾房间,这让瞿磊很感动。

韩琴与瞿磊的频繁接触被王老师发现了。隔上一段时间,王老师会把他们两人叫到办公室开导一番,暗示他们少来往。谈过心之后,韩琴还能收敛几天,瞿磊仍是我行我素,对王老师的劝说置若罔闻。王老师拿瞿磊没有办法,只好对韩琴进行批评教育,韩琴却认为王老师专门跟自己过不去,恼羞成怒的她有时还直接和王老师顶嘴。薄伽丘说:"真正的爱情能够鼓舞人,唤醒他内心沉睡着的力量和潜藏着的才能。"在王老师看来,爱情确实"鼓舞"了韩琴,挖掘了她顶嘴的"才能"。爱情,有时能擦亮人的眼睛,有时让人变成瞎子啊!

一次,瞿磊的一位朋友(邻校的学生)过生日,他和韩琴一块去了,他的这位朋友对韩琴的美貌赞不绝口,让瞿磊很有面子,韩琴也有些

飘飘然起来。生日会上,瞿磊喝醉了,韩琴也喝了很多酒,她把瞿磊送到住处。这一晚,韩琴没有回学校……事过之后,韩琴很后悔,她知道自己犯了不可弥补的过错。她不敢告诉父母,更不敢告诉老师,害怕学校知道后开除她。神思恍惚的她恨不得用刀子捅瞿磊,以解自己的心头之恨,还自己一个清白的青春,但瞿磊卑躬屈膝的讨好让她心软了,她反而认为这是一段珍贵的缘分,从此她彻底踏上了不归路……

十二

金秋时节,硕果累累,高三(7)班高考成绩喜人,全班 64 名同学,有 36 名考上了重点大学,有 24 人上了二本线,只有 4 人没有考上。

崔振毓考了 673 分,被清华大学录取;宋艳萍考了 642 分,被中国科技大学录取;王吉椿考了 639 分,被北京航空航天大学录取;张晓莉考了 626 分,被复旦大学录取;王圣伟考了 615 分,被华南理工大学录取;陈婧考了 598 分,被中山大学录取;魏玉红考了 597 分,被北京师范大学录取;范丽馨考了 586 分,被武汉大学录取;赵帅考了 612 分,被国防科技大学录取;赵善波考了 609 分,被西安交通大学录取;梅娟 571 分,被中南政法大学录取……

杨婷考了 658 分,被中国人民解放军第四军医大学录取,临床医学专业,本博连读共需 8 年的时间,实现了她的军人梦。杨婷考上军校,使昔日宁静的小山村沸腾了,这是杨家的骄傲,也是村里的骄傲。

这里还要说一下王亮,他自从打了魏玉红之后,学校给留校察看处分,与杨婷之间的感情纠结最后也得到了妥善处理,他开始好好学习,今年高考他考了 468 分,虽然没有达到达二本录取分数线,这是他考的最好成绩,他没有打算复读,秋季开学上了中国石油勘探局下属的技校,毕业之后将从事父母的地质勘探工作。

在开学的前夕,杨婷、王吉椿、崔振毓等班里的几位同学组织了班级聚会,虽然没有全部通知,但知道的同学都来了。

在吃饭的时候,同学们说了些对王老师感谢的话,同学之间相互表示祝贺。对于没考上的同学给以安慰,气氛很热闹。同学们谈论高中三年的感受,最多的话题还是转移到王老师身上。

"王老师,我特别欣赏您上课经常拿的板子,要不是您那板子,我可能今年考不了 530 分。"魏祺说。

"英雄所见略同。"赵善波接着说。

"不要说那板子的事,要是让校长知道了,那可不得了了,因为现在提倡素质教育,人文管理。没听老班在教室里说过,校长在给他们开会时,反复强调不能体罚学生吗?"杨婷一本正经地说。

"王老师,您不要害怕,我们就喜欢您的板子,校长知道了还要把您开除不成,我们这些学生考上大学,就是您的板子打出来的,校长知道了咋了?"

"害怕倒没有害怕,我们老班当了二十年的班主任了,还没怕过谁。"心直口快的范丽馨在给老班壮胆助威。

"现在我给老班提点意见,您管理班级的方法,真让大家着摸不透,真服您了。"

"怎么着摸不透?"王老师边吃边问。

"反正您的管理方法,没有规律可循。"

"怎么没有规律可循?"王老师故意卖关子说。

"比如,您早上查男生宿舍,今天早上查过,我们猜测您明天早上就不查了,第二天准备睡个懒觉,可是第二天早上您又来了,睡懒觉的同学被您抓住了。第三天同学们都猜测您肯定不来了,结果又被您给逮住了,从此以后,同学们都不敢睡懒觉了,可是,您却不来了。"

"老班的班级管理方法,那不叫着摸不透,那叫管理水平。"王吉椿说。

听到王吉椿的这句话,大家点头赞同。

"要是让你们把老班猜透了,我还怎么能管住你们?"王老师说。

"大家看,刚把老班表扬了一下,老班就开始骄傲了。"张晓莉的一句话,惹得在座的同学们大笑起来。

"三年来,我对班主任的一句话最感兴趣,也是促使我学习的动力。"陈婧说。

"哪一句话?"大家不约而同地问她。

"读书不一定有出息,但不读书绝对没出息。"

"嗯,这句话是老班的口头禅。"

听到同学们对自己的评价,王老师心里感到很高兴。

"好,鉴于老班为我们大家作出的突出贡献和为我们付出的辛苦,我提议,大家每人给老班敬一杯酒。"杨婷说。

王老师听到每人要敬一杯酒,赶紧解释说:"大家的心意老师领了,每人一杯酒太多,老师酒量有限。"

"没关系,老班您喝醉了,我们背您回去。"崔振毓说。

王老师在无奈的情况下,接受着大家的敬酒。

在聚会中,王老师提到了两个人:岳秀宁和张瑜。三年前,岳秀宁没有考上高中,她是择校生,张瑜中考成绩很好,以优异的成绩被录取到高一(7)班。而三年之后,两人形成了鲜明的反差,岳秀宁以高出一本分数线二十多分被华东师范大学教育学院录取,张瑜只考了三百多分,名落孙山。人们常说,天才、运气、机会、智慧等因素是学生成功的关键。但是,仅具备这些因素,人生并不一定成功。态度、习惯、意志力等因素也很重要。态度端正、习惯优良、意志坚定、目标明确是学生学业成功的重要品质,高三(7)班考上大学的学生证明了这一点。

在杨婷的提议下,大家以一首《相逢是首歌》来结束最后的相聚。和着歌声,看着这些曾逆风飞行的麻雀,王老师也轻轻地吟唱起来。这一次,他眼睛湿润了……

你曾对我说

相逢是首歌

眼睛是春天的海
青春是绿色的河

相逢是首歌
同行是你和我
心儿是年轻的太阳
真诚也活泼

你曾对我说
相逢是首歌
分别是明天的路
思念是生命的火

相逢是首歌
歌手是你和我
心儿是永远的琴弦
坚定也执着
······

后记

历经周折,《逆风的麻雀》终于付梓出版了。

写这本书源于一件事情。一次期中考试之后,学校组织开家长会,一位学生家长代表对自己的儿子说:"孩子,只要你好好读书,花多少钱我都不惜疼,只要是为了学习,要什么父母就给什么……"这位家长朴实的话语,表达了他对子女的期盼。这位父亲是一位农民,经济上并不富裕的他竟敢对孩子如此许诺。听后,我的心中久久不能平静,人这一辈子,再也没有比孩子教育重要的事情了。

从教近二十年,遇到了很多感叹的教育事情,既让人欣喜,又让人无奈。欣喜的是,一是学生面对读书的艰苦而不嫌苦,苦中追求着理想,苦中寻找着快乐;二是家长对孩子读书的执着支持与无私付出。无奈的是部分学生不理解家长的良苦用心,在学校不好好学习,浪费了美好青春时光,荒废了自己的前途。因此,如何教育学生珍惜青春美好时光好好学习,加强学生的思想教育,培养学生健全的人生理念,成了现在教育的重要问题,应该引起社会的重视。在探索思考如何培养学生优秀思想品质的过程中,我产生了写一点中学生励志思想教育文章的想法,这也是我写这本书的初衷。

本书在编辑出版过程中,承蒙兰州城市学院社会管理学院院长张海亮同志赐教作序。白银市政府督导室主任、市教育局副局长赵得璧同志,白银市委考核办公室主任赵玉华同志,白银刘川工业集中区管委会主任王建全同志等一并提出了很多宝贵意见。靖远一中校长吴贵栋同志,靖远一中党总支书记薛国治同志等为本书的出版给予大力支持。另外,丁秀娣、王兴俊、万应娥、张小华、张建盈、张晓晖等同志为本书的出版修稿做了大量的工作。在此,笔者深表谢意!

在本书的写作过程中,因笔者水平有限,难以将中学生的靓丽青春活灵活现地倾注笔端,心中总有一种意犹未尽的遗憾。

由于各种原因,所写内容存在诸多问题,敬请各位领导、同仁、读者朋友不吝赐教,笔者将感激不尽。

李志　2013 年 7 月